香雪文学系列丛书

故乡的润泽

於中甫 著

长江出版传媒

崇文书局

序 言

文化黄埔：又添一抹香雪色彩

江 冰

"怒潮澎湃，党旗飞舞，这是革命的黄埔。"20 世纪 20 年代，黄埔军校的校歌，至今在耳边回响。因为长洲岛，因为黄埔军校，黄埔给我强烈的红色文化印象。捧读了香雪文学系列丛书，我的心目中又铺开了"文化黄埔"新印象。请允许我逐个阐述——

军旅诗人赵绪奎：老兵的乡愁

赵绪奎是一位六次荣立三等功的军旅诗人。从故乡走来，经历军旅生涯，然后转业回到地方。他的诗集《久未谋面》内容可分三类：故乡回望，军旅生涯，中年感慨。

他对故乡一往情深，几乎对每一位亲人都有细致描写。比如，《好想成为小姑的儿子》里写道："只有小姑还一直坚持宠着我，她是上天派来罩着我的神。"小姑写完写大姑，大姑写完写小姑父的单车，还有奶奶，笑容满面，如观音在世；继父也进入了他的诗篇。

值得赞赏的是，赵绪奎诗歌中质朴的情感，与他描述的事物（无核蜜橘、纽荷尔橙子、雁窝菌榨的菌油、雷公屎地衣地脸皮、硬皮菜瓜、扯秆辣椒）保持着零距离。诗中情感恰似老家地里生长的果蔬。

"一个老兵心中的家，永远待在原地，老兵梦里的程序是灵魂的分解与连贯的动作。"可以看到，军旅的家在赵绪奎的人生

1

中有巨大的投影，因此他在《战地黄花》中缅怀先烈，回忆往事，期望与战友再次相遇。

中年的感慨化作《想对儿子说的话》："如果有可能，还想再挖一口塘，方便你饮水或者游泳，养鱼喂虾，与青蛙对话，那是我们当地人的口音与技能，忘了真不好见人，你最好能把它刻在骨子里。"当然，还有《旧相册里看到的灿烂星空》，给人以无尽的遐想。

我们可以看到这样一位诗人，在两个"家"的精神映照下，一直书写着他的人生，书写着他的"幸福的由来与出神的站台"。也许是因为行伍出身，赵绪奎的诗情感质朴，物象真实，语言率真。希望他能够继续从中国古典诗词中汲取营养，始终一贯地运用现代诗歌意象与修辞，写出意蕴更加深邃绵长，更令人回味的优美诗篇。

作家许锋：一只南方天空的候鸟

《享海》这本散文集收入的都是许锋近年在《人民日报》《光明日报》发表的作品。他的文字以及作品的内涵与美的表达，充分展现个人文学的功底与优势。

许锋并没有把自己的视野局限在黄埔、开发区，或者佛山。但空间又确实给予他创作的灵感和生命的体验。像候鸟一样生活，"移民""迁徙"的当下中国——许锋的空间描述颇具典型性。

首先，他是广佛同城的见证者。在《广佛候鸟》《开发区》《佛山的清晨》等文中，他纪实般地表达了作为广佛同城——城市建设进程日常见证者的观察感受。应当说，在作者个人情感的润泽下，一种非虚构的文字平添抒情般的诗意，纪实文字与抒写华章相得益彰。

其次，作者来自北方又居住在南方，南方北方，地域不同，中华之魂却息息相通。来来往往之中，故乡人事与主体精神互为参照，从而构成许锋散文最具风采的一个侧面。如《乡村外婆》《第三十七团》《黄杨河的晨》均表达了作者在南方北方往返的特殊体验。时空交替中的生命，呈现出别样的姿态与风采。

许锋散文浓郁的叙事风格，取胜于抒情中的诗意哲理。比如，《乡村外婆》《黄杨河的晨》《享海》等，就是文字精当的代表。那些避开众口一词同质化、呈现个性化的感悟，正是他作品中最珍贵的元素。

因为古往今来所有经典作品，证明了一个道理：愈是个性化的作品，愈可能传播久远。当然，前提在于你提供了非凡的描述与见解。世界因你而不同，且愈加精彩。

期望许锋在作品格局与视野上有进一步拓展，写出具有中国乃至世界襟怀的作品。

於中甫：为乡愁吹响一支竹笛

"床前明月光，疑是地上霜。举头望明月，低头思故乡。"李白的名篇《静夜思》已然深入骨髓，成为中国人的文化基因。於中甫的散文集《故乡的润泽》就是与李白同一主题的乡愁书写。

开宗明义，於中甫将自己安徽老家摆在读者面前，卖他的《故乡的田园》时，刚开始担心缺少重点——深挖一口井。但随之发现，他对故乡的描述相当细致全面：祖母、黄鳝、桑葚、桃花、西瓜、油菜花、捉鱼、粽子……几乎所有的原生态元素一应俱全。乡愁故乡，童年记忆，挥之不去；中年回望，五味杂陈，感慨万千，成为散文中最可贵最耐读也最具有艺术气质的部分。

值得一说的，还有写岭南等地的篇目。青年入粤，中年回望，其实已分出第一、第二、第三故乡，吾心安处是吾乡，足下土地已然是温馨的家园。回望童年之后，中年奋战疆土，亦值得书写。

但如何写得刻骨铭心、荡气回肠，可与故乡祖籍文字一较高下，又是对新客家人写作者的一个考验。

於中甫显然做出了努力。细读《韩愈的阳山》《汕之尾兮》《哦，萝岗香雪》，真挚的情感已将人生轨迹从故乡延伸到岭南，中年历尽沧桑后的思绪更加开阔与深刻。蹚过河流浅滩，目光投向河床深处，探寻源头去向。

21世纪中国，随着城市化推进，记住乡愁，水到渠成地成为一种召唤，成为文学艺术创作的原动力之一。书写乡愁的作品，如何推陈出新，独树一帜，独具匠心？我以为至少有以下几个有效路径：题材新奇，比如李娟、刘亮程的新疆散文；意蕴开掘，比如梁鸿的《中国在梁庄》；艺术手法翻新，比如周晓枫的《有如候鸟》……或可是当下作家们互鉴和不懈探求的。

"雄关漫道真如铁，而今迈步从头越。"说回於中甫的创作，寄望他如以上所说的名家一样，求深求新求变，让创作再上一个新境界。

孙仁芳：文青襟怀，拾花入梦，芬芳自在

孙仁芳的散文集《拾花入梦》有花的芬芳，梦的亦真亦幻。显而易见，这位女作家的文青情怀、细腻情感，化作香雪、青花、荷花、使君子的花瓣，纷纷扬扬，形成自己独有的心理氛围：诗歌般的句子，呈现摇曳多姿之态。

孙仁芳散文以抒情取胜，但总体上仍以叙事散文为主，其中抒情应占多少比例，值得谨慎把握。恰到好处地抒情，可以提升哲理，赋予诗意。若比例过半则有可能导致空泛乃至矫情。同时，散文抒情还需要叙事去铺垫，铺垫愈充分愈厚实，抒情就愈可能达到最佳艺术效果。

作家作为文字的巧匠，还需要将每一个字词稳妥安放：各得

其所，各显光彩，不必牵强，不必过度；寻找字词的合适位置，或许是每一位文字人终身所求的功课。白居易名篇《琵琶行》，值得仔细揣摩品味，其叙事与抒情就有成功的过渡。

这，或许也是修辞的本意。

《父亲》一文，情感真挚，细节丰盈，于多侧面及一些日常细节，写活了闽南一带的父亲形象。通篇读来亲切细腻，文字干净朴实，意境淡雅，作者寄寓之心跃然纸上。《萝岗梅香》《莲塘人家》《弄香》等篇，均有不俗的文字营造，若将文章内涵提升，耐人回味的艺术效果会更好。

除了文字构筑的美丽意境之外，读者还需要汲取作家本人独到的生命体验，以及对外部世界与内心互动之间的独到发现。庸常平凡的日常生活，应当成为艺术提升的基础与跳板。

作者来自闽南，并以新客家人身份融入岭南，因文化差异而获得一份独特的文化体验。远离家乡，会使作家获得两种感受：回望家园，咀嚼童年；寻找新家，吾心安处是吾乡。

这，已然成为孙仁芳散文中最为华彩的片段，亦最具审美价值。若以此进一步深入开掘，将成为她下一步创作的生长点。20世纪80年代以来，移民迁徙已成常态，此文学主题还有很大的作为空间。

学无止境，期望于作者。

吴艳君：湘西歌手，一半唱给都市，一半留在故乡

吴艳君《爱有声音》，大半篇幅为诗歌，小半篇幅为散文。她的诗歌，让人想到山间清风、溪水叮咚。清新，质朴，诚恳，诗句少有象征隐喻，几乎一色民谣般简单、清朗。

《阿妈的演奏》，诗人观察的是阿妈的手——在一行行青葱中穿梭，在一朵朵菜花中翩然。她的想象是在钢琴演奏中，将郎

朗比喻成邻家的小孩，用郎朗的手和母亲的手互为观照。对亲爱的外婆，则是"带走了记忆里爆米花的全部香甜"。

她的作品就像"太阳提着月饼，接月亮去了""我散步的时候，只有自己的影子"——故乡在她的心中占有很大的位置，甚至远远超过城市。她也写到爱情，写到少女的情怀，但这些都抵不过她在城乡间的浓重乡愁。比如《今夜，请你陪我跳摆手舞》，此摆手舞，就是湘西土家族的舞蹈。

吴艳君的诗文活画出一位湘西土家族少女，进入广州大都市后，那种都市与乡间往返激荡的情愫。她对城市的认识，从秋葵开始，但乡村却一直拽着她的心："一旦背起行囊，故乡就只有冬季""小背篓，晃悠悠，笑声中妈妈把我背下了吊脚楼"——如此熟悉的旋律，总在字里行间回荡。

假如用现代诗歌的意象、隐喻、象征等艺术手法与标准要求吴艳君，似乎对这位来自湘西土家族的女诗人不太公平，因为，我们可以联想到"城市民谣"的出处与蔓延。

作为城市人笔下的新民谣，保留了质朴清新纯美的传统民谣气质、风格与修辞手法，或许也是当下几代人的乡愁情结的自然流露。恰好传达了如今大批进入城市的人们——漂泊者的身份与尖锐感受：怀念童年与故乡，构成一种挥之不去的理想与情愫，并试图回归简单淳朴的浪漫情怀。

需要特别强调的是，"一闪一闪亮晶晶""月亮走，我也走"——所谓"城市民谣"并非简单的口水歌，亦非直抒胸臆的大白话，而是能够承继传统，延续文脉的"新民谣"。汉语的丰富与价值——其中的内涵与精神——需要在新民谣中探索与坚持。传统民谣仅仅是基础，城市诗人需重构并有所提升。

内心草木丰沛，笔底方可海阔天空；唯有生命体验深刻而独到，方有真正不俗且上乘的文字。古人言"功夫在诗外"；今人说"过于专业的文学生活，一不留神就会画地为牢"。古今高论，值得回味。

千古文章事，得失寸心知。豁达、清醒、热爱、坚定，且终身修炼提升的写作，如琢如磨。愿与诸位文友共勉。

行笔到此，衷心祝愿上述五位广州黄埔诗人作家，立足大湾区写作富矿，从文学语言、文化修养、生命体验等各个方面开拓精进，不断升华，为黄埔文化的出新出彩书写时代的动人华章。

是为序。

2021 年 8 月于广州琶洲

（作者为广州岭南文化研究会会长、文艺评论家、中国作家协会会员、广东财经大学教授）

目 录

故乡的润泽

皖东丘陵，合肥与南京东西冲衢，淮河长江南北背腹，千年古邑的椒陵西南 30 公里处，一个千年古镇——广平，周边散落着许多村庄。它们静静地生长着，历经春夏秋冬，一任风霜雨雪。生于斯，长于斯，这一方水土，养育了一代代乡民，涯泽了无数子孙，其中就有我这个人到中年在外工作的游子。

故乡、童年、亲人，我们曾经熟视无睹，等到了一定年龄之后，才倍加珍惜和怀念。故乡每时每刻都发生着变化，这块土地上的人们也呼应共振着，包括那些动物和植物们。一直想用文字把这些难忘的美好记忆记载下来，尽可能从中保持关于自己关于故乡的接近当时的原汁原味。

法国诗人马拉美说过："这个世上所有的一切，都应该在一本书里找到归宿。"当下海量的信息碎片冲击着有限的思维空间，早一些回忆，早一些写出来，应该更接近真实。它们毕竟曾生动地发生着，虽然很多已经远去，永不再来。克服惰性，我决定从猴年开始回忆，以自己的方式给故乡、童年、乡亲们撰写短短的"史记"，这是浅浅的记录，也是深深的怀想和追念……

金黄的春天

油菜花，是春天故乡的乡花。

蜡梅花在枝头凌寒怒放，油菜这时在低处吐绿，上面盖满了白雪。经过霜打雪冻的油菜更好吃、更甜，开的花也更金黄、更芬芳。寒冬时节，母亲早早去菜地里拔几把，放在绿豆做成的饼扎里，蘸点红辣椒，又诱人又营养又好吃，我们常常吃了一碗又一碗。

似乎经过年的喜庆和滋润，瑞雪冻死了虫子，却磨砺了身子骨。油菜像儿童的成长，一夜间就蹿高了。赶在雪花梅花后，家家户户门前的鞭炮热闹过后，黄色的油菜花开了，满村尽带黄金甲。

上学时，校园在镇西边，园墙外是农田小河和村庄。下课后拿本书，我常常走入油菜花深处。新鲜的泥土气息氤氲着，令人神清气爽，似乎课文也背得更容易些。我在一字一字地读，更辛勤的蜜蜂在身边飞来飞去，忙个不停，它们在酿蜜呢。调皮的几个还偶尔落在我的书本上，飞走时还留下一点花粉。高高低低的丘陵，大大小小的农田，几乎全部都是油菜花的王国。

黄色的花海，在乡村早已看惯，视为平常。在父老乡亲的眼里，应该看的是菜花，想的是菜籽，油菜籽可以榨更多更香的油。天气越来越暖和了，花谢后，就结籽了。一个个细长的豆荚，开始是青色的，然后再转黄。饱满的，挺立在风中。像割麦割稻一样收割后，晾晒在场基上。用连枷一打，果壳炸开。黑色的，圆圆的，像迷你版的六味地黄丸。油滑滑地堆成黑色的山，装到麻袋里，运去街上榨菜油。小时候家里吃的油基本都是菜籽油，没有任何勾兑和掺假，金黄的，香喷喷的。

我家的燕子

黄昏时回到家，我说："放学路上看见燕子贴着池塘飞来飞去呢。"祖母说："要下大雨啦！赶紧收衣服啊！"果然，晚上就听到了哗哗的雨声。祖母说："燕子会天气预报。很准的！"

当秋风萧瑟、树叶飘零时，燕子就成群地向南方飞去，到了第二年春暖花开、柳枝发芽的时候，它们又飞回来了。秋天时，燕子飞走了。"它们还会回来吗？会迷路吗？"我急急地问祖母。她总是肯定地说："会回的，不会迷路的。过完年，它们就会飞回来的。"祖母说，老燕子带着小燕子走几趟，小燕子就记住路了。

我于是日日盯着屋梁上的窝，吃饭也不专心了。

过完年，雪化了，我也上学了。忽然有一天吃饭时，发现屋梁里面有动静了。

黑黑的头一个个伸出来。

"啊，燕子回来了。"我跳跃着欢叫起来。

燕子也高兴地飞出来，从大门飞出，过会又飞进来。还在我头顶上盘旋了一下，像跟我打招呼呢。它们把巢筑于堂屋的横梁上，用泥土混合稻草、羽毛构成半碗状，内垫细草根和羽毛。一只两只，成双成对。飞来飞去，为繁衍后代忙个不停。

它们一家人在梁上窝里挤得满满的，我们一家人在桌子上围着吃饭，它们在上面也时不时伸出头看。

印象中从来没有喂食过，它们也不会落下来，与麻雀鸡儿们争吃稻谷。

祖母说，燕子是益鸟，勤快着呢，它们每天都出去捕食，去田野里捉虫子。它们喜欢在田野的电线上站成一排排，是聚会？是开会吗？谁教它们筑巢的？燕子的寿命有多长？如果死了，后代会回到父母筑巢的地方吗？我问了好多好多问题，祖母、村里的太婆婆也说好些不知道。

鸟似乎都怕人，它们将巢筑在高高的树上，以免遭到人类袭击。可燕子却不是，它们是离人类最近最亲的飞禽呢。

曾有一次调皮的我和村里的同伴用竹竿捅过它们的蜗居，被慈爱的祖母破天荒地责打了。

"如果对它们不好，它们会飞走，再也不回来了。而且其他燕子也不会来了。"祖母严肃地说，"燕子会选人家。它们是选善良的好人家的。"

我才发现村子里不是家家屋梁上都有燕子窝的，它们也讲彼此的缘分吗？

"小燕子，穿花衣，年年春天来这里……"这首儿歌一直缭绕在耳边。

可爱的小燕子一直不停地飞在我童年的春天里。

甜甜的红枣

村子西北边的枣树林，是我夏天的乐园。

仰首无数盼枣红，枣红时节盼起风。树大，不敢爬，而且爬树有偷的嫌疑。那时候要吃到枣子大约有六个渠道。一是上树摘，有危险。二是摇晃树，但力小，树叶几乎纹丝不动。三是用小石片扔砸。向上面枣子多的地方使劲砸，也小有收获。但常常会误伤同伴或行人，甚至自己。一仰头，天上掉下来的不是红彤彤的枣子，却是瓦片石子。啊，这太恐怖吓人了！这种情况自然不多。而最好的最安全的是第四种方式，盼望刮风下雨。而刮风吹下的，在地上，捡起来就理直气壮得多。虽然也有小气的主人家会呵斥，但小孩子总是可以迅速捡上一把，欢喜地跑开。然后跑到屋后头，掏出裤兜里的枣子比一比谁的多，谁的大，谁的更红。看捡得少的有些可怜，年纪大的会给他几个。有时枣子掉到牛粪上，也捡起来，拿回家洗洗。牛吃草，粪是干净的，不臭，一点不影响嘴里的甜味。第五种方式是在枣子收获时，大人之间关系好的，会挨家送一碗红枣，算是分享。第六种方式，就是去街上买，这几乎没有。那时我既没有钱，又很少能跟着去赶集。而且，即使偶尔一次大人买回来，也没有村中树上的甜和新鲜。

每一颗枣子都是眼巴巴看过无数遍，咽着口水从枣花看成枣蕾再看成青果最后再看成红色，从早上上学到晚上放学，那是夏天最美的一道风景线啊。天天对着看，催着熟，盼着吃，枣子里有着强烈的味蕾在里面啊，怎是街上其他地方的枣子能比的呢。

清甜的井水

村前有一口古井。隔着三个池塘，就在田埂的高处。农村的孩子，自然力所能及地要为大人们分分忧。我也像门前的小榆树一样一天天长高了。父亲严肃地说："家里寒暑假的吃水，你来挑，你来承包。"那时刚刚家庭联产承包责任制开始。他说："整天看书也不行。锻炼一下身体，别娇惯！"祖母便开始准备了小桶，祖父特制了一根小桑木扁担。小学课本里有"桑木扁担轻又轻，我挑茶叶上北京"，我也挑着小桶去打水。走在田埂上，家里的小黑狗跟着我。想看我有多大力气多大本事，没有偷懒吧。村子大，东西两片，有好几口井。大井是新打的，有些咸。但产水量大，距离近，方便走。小井，就是这口古井。井水有一点甜 煮起饭来也香些。圆圆的窄窄的石井栏，周边台阶是磨得发滑的大青石。一道道深深的绳沟纵横着，伸向黑黝黝的井底。井底像一面圆镜，我一伸头，看见一张模糊的笑脸。是谁啊，是我吗？

"啥时有这口小井的啊？"我问扛着铁锹到田里去的二爹。

"不知道呢。我小时候就是这样。听我祖父就是你老祖说，他小时候，就是这样了。"二爹放下铁锹，瞅着我的小木桶，点点头，"能帮家里做点事了啊。"

二爹看着我把井绳放下去，水桶半天歪不了，站在那里急个不行。他哈哈一笑，就拿过绳子，教我如何用力倾斜，一抖一沉，轻轻松松，我看见水桶瞬间装满了水。二爹左右手一上一下提起。一汪清碧碧的带着热气的水在眼前波动。我按照他的动作把水打上来，却只有半桶。二爹说："行行出状元。就是小小的提水，也要眼睛活，心灵手巧才行。"

自己费了九牛二虎之力把水桶提上来，喘口气，趴在桶边喝了饱。外面天寒地冻，这井水却恒温，热乎乎的，真甘甜啊。

屋后的黄蜡梅

梅花，有多个品种。书上画中的红梅，似乎很少见到。也许它们更多在一百公里外南京城里的梅花山上绽放。故乡冬天见到最多的是蜡梅。秋天过后，地里花生、黄豆、红薯收获后，乡村的树黄叶落尽，绿色就很少了。除了竹子、松柏、冬青树，还有暮春才开的栀子、八月才开的桂花。

下霜了，结冰了，气温一下去到零下。我们上学的孩子把所有的衣服穿起来，像包裹着的粽子。雪也悄无声息地下下来，一夜之间，银装素裹。连绿色也几乎被覆盖，田野里的麦苗与油菜也有了厚厚的羽绒被，暖和着呢。

早上起来一推门，冷风吹到面上，小刀割了一样地痛。妹妹却欢喜地说："好香，比搽的香脂还香。"母亲给她扎辫子："是后园的蜡梅开了吧。"我赶紧跑去看。灰色的枝干，冻得硬硬的，没有一片叶子，还结了冰霜。鼓鼓的花骨朵上还盖了雪，像白色纱巾。有一两朵已露出了笑脸，互相依偎着。金黄的，晶莹剔透，像一个精雕细琢的工艺品。香气就是从它们身体里散发出来的。

我站在树下，它们娇小可人，一点也不怕冷。这么冰冻，谁给了它们这么大的勇气和力气，棉袄也不穿，还笑得这么好看啊。

"梅花香自苦寒来。"不错的，蜡梅就是。

我想起学校教室墙壁上的这句话。赶紧背起书包上学去。带着蜡梅的香气，似乎坐在书桌前读书也不冷了。

青石板的老街

东西长长的街，一眼看不到头。历史记载春秋时期这里属楚国，是向南渡过滁河经过昭关、再去吴国的一条重要通衢。不知当年伍子胥逃难时是否从这里经过，小学语文承老师说那时全椒是伍氏的封邑。西北方五公里处，还是大文豪吴敬梓的故里呢。

街面是青石板，不知多少年，已磨得光滑滑的。黑黑的小瓦上落着积雪，太阳出来，有的融化了，便滴答滴答流淌下来。太阳一下山，气温便下降了。水就走不动了，半夜里就凝固起来。早上一起床，屋檐下便是长长短短的冰凌。

老街的商户都是上门板的，不需吆喝，门板一下，生意就开始了。包子、挂面、饺子、糍粑、狮子头，还有油条，都是手工做的。村里的人，大老远来赶集，交易成功，犒劳一下肚子，是必须的。何况价钱不贵，在家里是做不出这个味道的。

相识不相识的，遇到一起，叨叨经，说说国家的农村政策，说说风调雨顺多收了三五斗，说说哪家伢子读书上进。再扯远的，说说镇上的轶事传说。如今的小学旁，原来有个二郎神庙。风水先生说古镇是蜈蚣地，两边的水井就是一条条腿。东南方隔着滁河的和县善厚镇高耸一座鸡笼山。鸡吃蜈蚣，不太安宁，赶紧建了二郎神庙。一物降一物，从此镇上便兴旺平安。说的津津有味，听的入神，太阳快到头顶了。家里人都盼着呢，然后打个嗝，各自散去。

逢农历二、五、八，就约定俗成赶集，多年来一直没有改变。周边各乡镇都赶过来，包括邻县的和县、含山、肥东等地的乡亲。小时候发热感冒了，祖母背我走三里路上街打针。从卫生院出来，祖母便与我坐在十字街口那家老饭馆里，五毛钱点一碗馄饨。薄薄的皮，绿色的葱花，香着呢。她用勺子，慢慢吹冷，看着我慢慢吃。让我吃多一点，营养才能跟得上。我问："奶奶，你为何不吃？"她说："我不饿，你吃呀。"直到我吃不完时，她才吃完剩下的。

为帮补家用，祖母养了十几只老鹅，隔几天祖父会挑着鹅蛋去镇上孵房孵化。为与别人家的区别开来，让我用毛笔在光滑的鹅蛋上写上祖父的名字（长大后读书知道大画家达·芬奇也是从画蛋开始练笔的）。他有次回来说，孵房的人都说这字写得好，有笔锋，是你做教师的儿子写的吧。祖父得到乡亲的夸赞，心里无比自豪："不是。我孙子写的，才二年级呢。"

街上有说书讲古的，在包子店那棵树下支起小鼓，抑扬顿挫地说唱。好多人围着听，津津有味。我反反复复听了几次后，就喜欢去不远处的新华书店了。隔着高高的柜台，望眼欲穿地看着那些小人书，有《西游记》《水浒传》《岳飞传》《杨家将》《聊斋志异》《闪闪的红星》《鸡毛信》《铁道游击队》等。把压岁钱都买了书，一本本放在床头的箱子里，还编了序号。这是我的第一个小书房呀。可是后来不知都给谁借走，一本也找不着了。

长街的最东边是电影院。过年时，都是唱庐剧的。那时电影少，看戏是重头戏。人山人海，你挤我，我挤他。村里的守水叔就在戏班里拉二胡，那时庐剧团效益非常好。戏台上的状元小姐、杨宗保穆桂英、梁山伯祝英台，吸引了一个个像我一般大的孩子。大多看不懂，更多是看热闹。关键，有莴笋甘蔗吃，有奶油瓜子盐炒花生吃，再吃也吃不厌。

腊月二十八是一年中最后一个集，是最热闹的。马上就过年了，该买的年货必须采购齐全了。主街两边摆满了花花绿绿、琳琅满目的商品，几乎水泄不通。汽车若想过去，喇叭得按个不停。街上的乡亲也不急，人人脸上洋溢喜庆，个个满载而归。

过年前，父亲带我去公共澡堂洗澡。老老少少，泡在大池子里，热气腾腾。洗去污垢，干干净净，迎接新的一年。

除夕的欢乐

除夕，我们叫大年三十。与城里比，村里有着不一样的欢闹。

似乎一年来所有一切准备，就为了除夕这一晚团圆的高潮。父亲裁好红纸，一般按奇数，平均折叠好，预留空间一致，方便书写对联。零下几度的气温，我伸出手来，颤抖着握住毛笔。从"五谷丰登、六畜兴旺"写起，然后灶王爷"上天言好事、下地保平安"，再到房门、后门对联。鸡笼、猪圈、牛栏，也要写上一幅。

我越写越流畅，身体也暖和了。大门对联，字体要有力，寓意要吉祥，体现一年的寄托和梦想。大门是门面，客人来了第一眼先看，在我上大学前，都是父亲亲自挥毫。对联可以参考每年的年历后面的新春联，但父亲都鼓励我原创，或者在原来基础上改动一下，力求体现新意和时代感。有一年猴年，我们就写了"奋起千钧神棒、澄清万里尘埃"，美猴王孙悟空，欢迎大圣归来啦。

母亲将面糊和好，里面放着鸡毛刷子。旧的对联已褪色，新的覆盖上去，再贴上红果、五福，像穿了一件件新的红棉袄。红灯笼一挂，灰色的村庄一下子就鲜艳喜庆了。

一家之主的父亲把吃团圆饭的鞭炮点燃，几个冲天炮响彻云霄，节日的气氛一下就释放出来了。家里老少，仪式一般按长幼次序团坐一起。把大门虚掩，好让财气进来，年饭就在盼望中开始了。热气腾腾的老母鸡汤、鸡蛋饺子、凉拌牛肉、豆腐果子、油煎蘸肉、菠菜肉丸、芽芹香干，直到桌上摆不下了。一年中最丰盛的晚饭开始了。鸡在笼子里伸出头好奇地看，狗与猫在桌子底下和平共处地分享美味。年宝鱼要放在八仙桌的东北角，一般是两条家鱼，只能看，不能吃，图个"年年有余"。还有一盘鱼，则可以吃。祖母说，老祖宗的规矩，都是一代代传下来的，要等到正月十五，过了小年之后年宝鱼才能吃。但我从未吃到，也许十五天后，气温升高味道变了吧。

祖母把细长的鸡肠夹给我，说吃了长命百岁。我也另外夹一条给她，祝她老人家寿比南山。妹妹等小字辈们纷纷站起来敬酒。园艺场酿的苹果酒，入口香醇。家传好多年的专门的小酒壶，二钱的小瓷杯，祖母喝了几杯开始不胜酒力了。我问："还喝吗？"祖母说："喝！""活！"妈说："不能说不喝，谐音'不活'，过年多不吉利啊。应该问喝好了吗。"祖母就高兴地说："喝好了。"

那时还很少有电视，春节晚会是后来才有的。吃完年饭，长辈们开始给压岁钱。20世纪70年代，给个一元压岁钱，已是乐坏了。一般都是几毛钱，不用上交。是一年的零花钱，装在棉袄的最里面口袋。睡觉前翻来覆去数，兴奋得睡不着，过了年，又可以买几本连环画了。

祖父装了满满一碗米饭，端到小屋里喂给老水牛一口一口地吃："人过年，动物也过年啊。"老牛平时吃草，原来见到米饭也喜欢啊。我摸摸长长的满是裂痕的牛角，它温顺地低着头，慢慢地咀嚼着，一年中的唯一一次。犁田耙地的它默默辛苦了一年，这粒粒米饭中，也有它付出的辛勤汗水。

小孩们开始在村里跑动起来，看哪家年画多，更好看。谁家堂屋里挂满了，说明他家这年喜事多，心情好。主人家高兴，也就大把拿糖果瓜子出来，大家兜里都塞得满满的。

外面开始飘起鹅毛大雪了，屋子里温暖如春、喜气洋洋。我们在外面红纸堆里找没有炸响的小鞭炮，像寻宝一样，调皮地放在新鲜的牛粪上，然后点燃，清脆炸响，牛粪开花。

"过年啰！""过大年啰！"欢快的笑声在村子上空久久盘旋……

文学的春游

春游。

阿南第一次听到老师说出这个词，就莫名地兴奋。

20世纪80年代，改革开放的春风一吹，很多新鲜的事物雨后春笋一样破土而出。

农村的学校，比不了城里的学校。农村的孩子，也不知道城里的孩子是怎样学习和生活。

那时看不到报纸，也几乎看不到电视，更没有电话、手机，只有收音机和书。

看到《少年文艺》杂志上写到城里的孩子去春游，阿南就无比的羡慕和向往。

1985年的春天，是一个不一样的春天。

对于初二的阿南来说，他终于和学校的同学第一次去春游了。

不是去郊外，不是去城里，而是去琅琊山！

琅琊山，很远很远啊。

在滁县。行署所在地滁县在哪里？

比县城全椒还远。

之前八岁时，阿南去县城看病，才第一次来到三十多公里外的县城。

学校的王校长会背《红楼梦》里的好多句子，他那时也才三十多岁吧。刚来不久的第一个春游，就带着学校的老师和部分学生，包车去了琅琊山。

后来，阿南算了算，从乡中学到琅琊山，有八十多公里。三十多年前，坐着那部破旧的客车，足足走了大半天。

那时，阿南也没有手表，几乎没有时间观念。在学校，都是听铃起床、上课、下课、吃饭。或者看看太阳的位置，判断一下大致时间。

去琅琊山的前一个晚上，阿南就睡不着了。那个兴奋啊。应该是第一次辗转反侧，失眠了。

这是阿南一生行游天下的首次出游，处女游啊。

之后阿南读书、求学、工作、出差，包括徒步旅游，去了国内国外许多地方，但再也没有这么兴奋过。阿南，一个晚上都盼着黑夜快过去，太阳快出来。

阿南才真正理解，一个人越是期望一件事情，时间却偏偏不急不慢，逗人玩啊。

多年后，阿南在南方，每次介绍家乡的这座山，大家都以为是狼牙山，就是"狼牙山五壮士"的狼牙山。其实，不是。"那个狼牙山在河北，我们家乡的在安徽，在滁州。"阿南，一次次不厌其烦地纠正。

唐宋八大家欧阳修在这里做过知州，经常与民同乐，一起爬琅琊山，还写了千古名篇《醉翁亭记》呢！

啊，是这样啊。原来还有这个琅琊山！

几年前，电视剧《琅琊榜》热播，琅琊山，也跟着名扬天下。等于免费做了一个旅游推介。阿南与大妹登上南天门，登上会峰塔。一回头，塔名已改成"琅琊塔"了！

三十多年前，不是自媒体时代，照相，最多一个大合影，也是旅游景点，固定的摄影点才有。

那时，也没有现在这样喜欢照相。

阿南，最大的遗憾是，从小学到初中，几乎没有留下照片。到了中年，喜欢回忆的时候，阿南更加意识到老照片的可贵了。

阿南，要感谢父亲。

父亲，作为班上语文老师，也参加了春游。

这也是父子俩第一次出游。再之后，又去了南京中山陵莫愁湖春游，阿南还记得妹妹那时才六岁。父亲买了几根香蕉，阿南第一次见到，撕开皮，又软又滑，真香啊。

父亲，在琅琊山说了什么，阿南不记得了。王校长应该也背诵了《醉翁亭记》，甚至很多人都不知道的《丰乐亭记》。

在回来路上，父亲给班上布置了作业。题目就是《春游琅琊山》。

阿南第二天就交了稿。毕竟第一次春游，有感而发，真情实感，1000 多字，洋洋洒洒，工工整整。

父亲看了，笑着点点头。只改了几个错别字，把结尾"看看手表"这句删掉。

阿南，当时还不舍得，理解不了。有手表，多显阔气啊。

父亲说，刚好，上海《青年报》有征文，你投投稿，锻炼一下。

粘上邮票，封好信封，交给不用手也能骑自行车的哑巴邮递员。之后阿南就忘了。

直到秋天的时候，哑巴邮递员把一个包裹交给父亲。来自大上海的《青年报》！

阿南的作文获奖了！

获得了华东六省一市征文比赛优秀奖！

这可不是中学生作文比赛，是面向全社会各个年龄层面的。

30 多年前，这个比赛，影响力广。这个奖，含金量大。

一个黑色牛皮的大号笔记本，还有一支笔，就是奖品。

还有一封贺信，要求全校召开颁奖大会。于是，做完课间操，王校长，亲自把笔记本和笔，当着全体师生面，颁给了阿南。

这可是阿南学校建校以来的第一次。

阿南，一夜之间成为学校名人。这比阿南初一拿了年级第一名还轰动。阿南的父亲，也允许阿南看他的部分藏书了。但是前提是不要影响学习。

阿南，不知道，这次春游，也是他文学创作的起点站。

30年后，阿南，惊喜地知道，父亲还保存着这篇文章的手稿。

已经发黄了，已经陈旧了，但蓝色的墨迹还可辨认出。

阿南的妹夫，认真打印，发到邮箱里。

阿南一字一句地阅读，包括标点符号。这是一篇怎样的文字啊：

春游琅琊山

"清明时节雨纷纷"，是的，春雨绵绵。今天是清明，但天气却颇好。蜜蜂"嗡嗡"地在公路两旁的油菜地里翩翩起舞，阵阵浓香从窗口钻进车厢。总之，一切都是美好的、有情的。

汽车在宽阔的琅琊大道上飞驰。路旁的高楼林立着，像是等待着我们检阅。"到了！"不知谁喊了一声，同学们都伸头向窗外望去。啊！"环滁皆山也。"我们前来游览的地点在其西南面，望去"林壑尤美"。顺着宽大的石道走了大约六七里，便听到流水潺潺的声音。水流的源头原是从一个小泉里流出来的，泉水清澈见底，在阳光照耀下显得分外逼眼。我们用手捧了一口水尝了尝，"呀！"冰丝丝，甜蜜蜜的。这口泉全名为"酿泉"。不怪唐宋八大家之一的欧阳修在他的《醉翁亭记》中写道："酿泉为酒，泉香而酒冽"了。

我们信步进入园内，但见楼台亭榭，花香鸟语，一片欢声笑语，有一种令人心旷神怡之感。园内石壁上雕刻着古代仁人志士的纪念琅琊山之作。读起来，别有风味。在这楼台众多的园林内，凤毛麟角的要算北宋时此山的和尚智仙为欧阳修建造的"醉翁亭"。亭高丈许，周围有座椅，每个柱子上都雕龙刻凤，飞阁流丹，气势雄伟，像只老鹰展开翅膀一样伫立于"酿泉"之上。再经过新中国成立后人民政府的修建，更显得美丽壮观。"真是巧夺天工！"我们不由得赞叹起来……

看完了醉翁亭美景，再沿着林间小道，穿过苍松翠竹和万花之间，便来到了林谷深境——琅琊寺。寺内香烟缭绕，悦耳的钟声惊飞了林中的小鸟。多么幽静的寺院啊！寺内大佛、小佛，还有那层层雄伟建筑群、几个人才能抱过来的翠柏，不能不使我们油然而生一种对勤劳智慧的劳动人民的敬爱和对祖国大好河山的热爱之情。

我们一边看着这迷人的美景，一面随着游客们去攀登琅琊山最高峰——南天门。山道陡峭难行，我们使出吃奶的力，一步一个脚印地向上前进。台阶直插云霄，真有点"蜀道之难，难于上青天"之味了。到了山顶，我们都累得趴了下来，并且渴得很。"同学们，到这儿来喝杯茶吧！"不知谁招呼了一声。这真是雪中送炭，我们赶紧跑了过去。原来喊我们的是个小伙子，他把我们带到一个宽大的屋子里，并给每个人都倒了一杯茶。他又扭响了录音机。我们一边喝着香喷喷的茉莉花茶，一边聆听着令人陶醉的歌曲，那跑上来的疲劳早已抛到九霄云外去了。

趁着喝茶的机会，这位小伙子向我们做了自我介绍。原来他是刚来不久的琅琊山管理员，为了方便游客，他便在这儿开了个"茶馆"。不管是刮风下雨，还是生病，他都坚持不关门。就这样，他度过了两个春秋。听到这里，我们不禁朝墙上一望，"啊！"墙上挂满了各种奖旗。"时间不早了！"不知谁叫了一声，我们才告别了主人，出了屋，站在山顶上，看着脚下的大好河山，看着这琅琊山的美景，又看了看这位好客的小伙子。我们又情不自禁地背诵起欧阳修的《醉翁亭记》："若夫日出而林霏开，云归而岩穴暝，晦明变化者，山间朝暮也……"

"夕阳西下，人影散乱。"我们怀着眷念之情，随着川流不息的人群，缓缓地下了山。落日的余晖照在这秀丽的琅琊山上，也照在我们这些年轻人的身上……

三十多年前的春天定格在历久弥新的文字里。

这是自己最早的文学作品，虽然稚嫩，却也小荷初现。

春游琅琊山，这也是冥冥之中的文学的春游啊……

故乡的田园

常年在外，回来大多是春节时，我已是二十多年没有在故乡过中秋赏圆月了。这次虽然是短暂的停留，却重温了久违的故乡的秋，走近了故乡的田园。

我的家乡程家市，也叫广平，是滁河边的古镇，是《儒林外史》作者吴敬梓的祖居地，幼年的他曾嬉戏流连于此。在我的深深记忆里，小时候的古镇是一条石板长街，蜿蜒东西，两边小瓦青砖民居，商铺酒肆茶楼林立。每到农历二、五、八逢集时，祖母都带着幼小的我在小饭馆里吃一碗香喷喷的馄饨。但这些年，那些老房子都几乎拆掉。每次回去，走在覆盖着厚厚的水泥的街道，童年的古镇去哪儿了？只有一两间木板老屋在风中萧瑟着，静默无语。

小镇大街的路面，国庆节前进行了全面整修，两边商铺也摆满了琳琅满目的商品。它们与其他地方的街镇一样，在推进城镇化的同时，也有些同质化了。

有汽笛喇叭在街道里按个不停，大家都从远方赶回来了。鞭炮声此起彼伏欢快地炸响，一家家趁着过节欢喜迎娶新人。到了春节、中秋、国庆等节日，平时空荡荡的街上人才多起来，车子多起来，欢笑多起来，这才是回忆里美好的故乡。

前行的脚步突然被楼层缝隙间的稻田吸引，金黄的光芒在不远处幽幽发出。到屋后田埂上去看看！我的心按耐不住地加快了跳动，那些少年时熟识的庄稼们还在那里呢。

已近深秋，布谷鸟还在远处一声声高高低低地鸣叫。鸣禽已变，鸣声依旧。听不出任何的传承变异，虽然听的人不知不觉变了。田埂上的爬根草兀自肆意生长着，狗尾巴草长得稍高些，轻轻地摇曳着。野菊花在绿色里露出一张张小脸，精致得不比城里花店里任何一朵明码标价的花丑。

黄豆兼种在路基边，见缝插针一样，一行行，一半叶子已黄。豆荚密密地挤在一起，鼓鼓地饱满。这是它们上市的时节，农家餐桌上它们的身影，碧玉一样，在碗里俏丽可人。清新的水汽在田野上漾着，电线杆在阡陌里伫立，连接着小镇与村庄。向日葵，站在豆角的身旁，一排排金黄，一个个圆圆的笑脸，带着花边，羞羞低着头。

棉花，还有自己的一小块领地。粉色的花只有几朵开着，棉果青草色。白色的是炸开的棉花，被遗忘在这里，像是没有跟上大队伍的云儿。磨得光滑的石滚子，三三两两，静静躺在草丛里。夏天转累了，或者年轻时忙坏了，该好好歇息一下了。

玉米，齐齐地肃立，已是空秆，单薄的身子，苍黄的叶脉。怀中的孩子都一一离去了吧，它们在风中痴痴地遥望。

中稻大多已割，稻茬留在稻田里，是割稻机的杰作。齐刷刷的桩子，构成了一个个几何图案。根还在呢，它们又从稻芯里长出嫩芽来。晚稻，还在赶时间地生长着。田野里的金黄，开始反哺阳光，它们就像春天三月的油菜花，把金子一样的色彩填充到故乡的每一个丘陵平原。一个春华，是菜花的金黄；一个秋实，是稻穗的金黄。故乡的秋色不是春光，胜似春光。

柿子，也就这十多年左右，才全面光顾这块皖东丘陵之地。粗生粗长，满满挂在枝头。青色的、黄色的、红色的，把树都压弯了腰。

山芋一垄垄，叶子还不想枯黄，泥土下还努力把营养输送。花生，也到了收获时节，有些已拔起。根须下，像乳白色的大大小小的蚕宝宝一样。等天晴了，它们就要搬新家。不管是生吃的清甜，还是煮熟的浓香，都是舌尖上的味道，家常的美食。

菱角，煮熟了，绿色的变成了黛青色，咬开后，白色的厚实的肉，富含淀粉。它们曾经在这里的池塘里到处生长，现在已越来越少。池塘里，一群鸭子在觅食，嘎嘎地叫。池塘水渐渐冷了，它们也应该先知的。

雨忽然下了起来，没有带雨伞，在田埂上跑动，似乎有了少年时的放学归来的急迫。泥土在脚下踩着，那些草发出唰唰声。雨点砸下来，带着丝丝凉意。

小溪里是茭白和芦苇，听到里面有水声的拨动，许是一两条鱼在戏水。一只白鹭飞出来，雪白色的律动，翅膀扇动。一条石子路，两旁是高高的大叶柳树，伸向远方。那个地方，是以前乡里的初中。三十多年前，小升初时，在那里考过试。记得午饭后，自己与几个同学就早早赶过去。有一道数学题没有做出来，铃声响了，大脑一下子嗡地空白……

桂花在人家屋后热烈地开着。这时候，没有其他花能与它们争香。就那么一株两株，却散发出浓郁的香馥，醉了多少归来的游子。银杏果熟透了，跌落在地下。炎热的夏天过去了，枣子树上已没有耀眼的鲜红，也没有儿童在树下久久地仰望。

"伢子，来家吃晚饭了！"我隐约听见白发鬓鬓的亲人站在门口的一声声呼喊，又恍惚看见屋顶上袅袅升起的炊烟……

祖　母

一

多年之后，阿南已经人到中年。

即将知天命了。

阿南，越来越怀念童年，怀念故乡，怀念逝去的永远见不到的亲人。

果然，到什么季节开什么花，早一点迟一点，都不行的。

这是祖母说的。

小时候，阿南就听祖母说。

慢慢地，他觉得祖母说得全部都对呢。

原来祖母说出的话，都是不断在劳动和生活中总结出来的浓缩的经验或者教训啊。

祖母的话，哪些是祖上一代代口口相传的？哪些是祖母自己总结原创的？

阿南，后悔那时没有问过祖母。

古人不值钱，古话值钱。祖母，不认识字，却能背出来好多金句。

这些金句，小时候，阿南，听了就差不多忘了。

但好神奇，人的记忆深处，总有一个角落，就像墙角的缝隙，藏着几粒稻谷、几颗花生、几个红薯。突然有一天，在青黄不接的时节扫地时，发现了，那是何等的惊喜啊。

二

祖母生于 1919 年。

阿南直到自己有了儿子，有一天跟儿子说起自己的祖母。祖母多大啊？哪年出生的？

2004 年，儿子出生六个月就回到故乡。

祖母抱着这个重孙子，左看右看。坐在街铺的屋檐下。

两双眼睛，互相看着。冬天的阳光，暖烘烘的。

隔壁理发店的马师傅夫妻俩，也跑过来，欢喜地对祖母说，你家重孙子眼睛跟老太长得好像。

老太，在乡下是对四代以上长辈的称呼。

阿南和妹妹们都围过来。儿子，眼睛清澈明亮，祖母的已浑浊，但一抬头看人，马上闪出光亮来。

像，像，好像！大家越看越像呢。像什么眼睛？

祖母喜欢看 1986 年版《西游记》，一次次看，总是看不厌。

她最喜欢孙悟空了。喜欢孙悟空的机灵和神通广大，喜欢在孙悟空危难时刻出现的观音菩萨。

祖母，说自己属猴。真是一家人呢，阿南儿子也属猴。

阿南想起祖父，父亲和自己，祖孙三个都属犬。

祖母说，是属犬不是属狗。

犬是与狗不一样的。咋不一样，祖母没有说。

后来，阿南知道，是真的不一样。

根据属相，阿南终于推算出祖母的出生年份。

1919，一个重要而特殊的时代节点。

三

祖母，姓胡。

她喜欢给阿南讲过去的故事。

冬天时，皖东丘陵真冷啊。

外面的雪下得连大门也打不开了。祖父早早地从小屋里起来，喂牛稻草。

他拿着铁锹，一锹一锹地铲雪。

祖母在前面屋，跟孩子们在床上叨经。

叨经，方言，就是聊天、讲故事。

大妹、小妹也在。

母亲喊吃早饭了。

大家都窝在被窝里，不起来。

家里的那只大白猫，也在被窝里呢。

那毛茸茸的，热乎乎的，光滑滑的。

阿南后来带儿子过年说起与猫同眠。儿子张大了嘴，这猫，不脏啊。

阿南一愣。脏？

那时，可从未想过呢。

猫与祖母可好了。

身上洁白如雪，一只虱子也没有。

两个妹妹睡觉时，都要把猫抱到自己冰冷的被子里捂热一会。猫，比暖炉，暖和多了。

猫啊，待一会，又跑到祖母和阿南这头了。

那时阿南与妹妹，也不会想给猫，起个时尚的名字。

从没有当它是宠物，也没当外人。

祖母说，猫可通人性了。

它不懒，也爱干净。

它不像现在的猫，偷鱼吃，而且不捉老鼠。

小时候，农村养猫，主要就是捉老鼠。

家里的白猫捉了多少只老鼠，保护了多少粮食，阿南问祖母。

祖母说，有小谷堆那么高。

白猫，后来去哪了？

儿子问阿南，阿南在记忆里找啊找，找不到。

四

阿南到离家二十多里的古河镇读高中了。

跟着做语文老师的父亲。

新中国成立前，祖母节衣缩食，把唯一的孩子——阿南父亲培养到县城读重点高中。

她常说，做田人真苦。

脸朝黄土背朝天，风里来雨里去，一年干到头，也落不下什么钱。

她娇惯阿南这个长头孙子，跟农村人一样，祖母也重男轻女。把有限的最好的，优先给孙子吃。

油菜花槐花开了，她每年都用鸡蛋去跟村里放蜂的人换蜂蜜，只给阿南吃。她说，吃蜂蜜，记忆好，头脑聪明。

而对待阿南读书却一点不纵容。天冷了，阿南赖在被子里，抱着白猫说话呢。

"上学要迟到了！"祖母叫了好几次，见阿南无动于衷。就让祖父，掀开被子，一起强行给阿南穿起厚厚的棉衣棉裤。

祖父背着阿南，祖母拿着书包和铜脚炉，阿南的腿还东叉西叉的，哭着叫着说不上学呢。

考上大学后，小学汪老师还说起这件事。阿南脸就红起来。

汪老师说，幸亏你祖母对你严格啊。就唯一这次赖床，以后阿南再也没有了。

祖母不仅严格，还会奖励，调动学习积极性。舍得大手笔。

祖母，有些私房钱。

旧社会，她与祖父，没有一只碗一双筷子，没有向家里要任何东西，就独立门户。做田，起早摸黑。祖母个子不高，又瘦小，挑起秧把子，只看见秧，看不见人。

再苦再累，即使自己吃小菜吃粥，也要把孩子培养读书，不要再受罪。

那时一个不富裕的农村家庭，能培养出一个高中生，非常稀少。

祖母为了帮补家用，还自学了张网捉鱼。

每天天麻麻亮，她就挑着小鱼盆，到几里外沟渠，鱼塘里下网。

祖父，也许做农活太累了，也不会打鱼，没有一起去。

后来祖母说，自己有次盆翻了。幸好她拼命抓住鱼盆，一点点荡到塘埂边。全身湿透，全身冰冷。但还是坚持把网都起了，才赶回家换掉湿衣服。

她居然不会游泳。阿南与妹妹们听得惊心动魄。

祖母说，很正常啊。那个年代，女娃一般不轻易下塘游泳，风俗不允许。

就是这样，祖母也一直坚持去下网捉鱼，捉到鱼，再赶到街上卖掉。那时鱼便宜啊，鱼也多，也卖不了几个钱。祖母就将这一分一角，积攒起来，作为家用开支。

五

高二，开始分班，阿南一不小心拿了文科班第一名。

那是 1988 年左右吧。

祖母那个高兴啊。

她一直望孙成龙。

农活间隙，祖母特意赶到学校去，从对襟衣服里，掏出手绢来，一层层细细打开。

有一张崭新的蓝莹莹的大钱，原来是刚刚发行的第四套人民币一百元。

手绢里就这一张大钱。其他都是旧的，十元的，二元的，一元的，一毛的。

祖母，把这张新钱，亲自放到阿南手里。

"这是奖励你学习的。我刚去银行兑换的。"

给阿南钱，都是过年年三十晚上吃完团圆饭。家乡风俗，这些钱，一定要新钱，才更有吉祥寓意和诚意。图个新意头，好兆头！

如果是旧钱，就不那么好了。

阿南平时见得最大的也才是十元。一百元，破天荒呢。他把钱放在鼻子上反复闻，特别的香味呢。

祖母看着平时节俭的父亲，交代他，这钱是阿南专月的，由他买生活用品和书。

阿南，想起那部《百万英镑》的电影来，自己俨然就是那个一夜之间暴富的大富翁了。

1988 年的 100 元，后来咋样化整为零，阿南不记得了。反正，没有挥金如土，阿南知道这 100 元的含金量和意义。

1989 年，阿南一炮打响，以 510 分，高于重点线 13 分，考上了大学。

祖母，比任何一个人都开心。

工作后每次回家，阿南给父母些钱后，再给钱给祖母时，她总是说，我不要，我还有点钱。你在南方开支大，省着花。

2005 年春节，雪下得跟小时候大雪一样大。祖母瘦弱的身体深一脚浅一脚，从村头走到她亲手盖起的老房子里。

回南方时，祖母从床头被絮下拿出手绢，把 2000 元交给阿南："这些钱，你带回去用。对你好的，你要记得帮助你的人恩情，做人不能忘本。"

阿南点点头。

2005 年 9 月，祖母去世了。

阿南回去村里，再也见不到倚门翘望的祖母了。

2019 年过年，村里二姑娘的妈——阿南喊作老太的——拉着阿南的手说："你奶奶，最疼你啦。今年我 97 岁，她大我 3 岁，你奶奶若在世，她就正好 100 岁了……"

黄　鳝

　　风吹过池塘，把池塘边的柳树的叶子吹得晃个不停。

　　阿南站在父亲后面，父亲久久伫立，望着东北方向。

　　这是皖东东部的一个初级中学校园，没有围墙，后面就是农田。

　　黄豆饱满，水稻的稻穗也沉甸甸的。

　　乡村中学，在20世纪80年代中期很普遍地分布着。

　　基本一个乡一个初级中学，大的镇才有完全中学。

　　前天，父亲一上完课就匆匆赶回村里。阿南与父亲平时住在学校的教师宿舍。阿南的那个村，离这里大概8里路。都是走路回去，走乡间小路，会近很多。父亲，走得快大概要一个小时。

　　那时的父亲有多大年纪？ 38岁左右吧。

　　38岁，是阿南十年前的年纪。但30多年前，阿南觉得父亲，很稳重，很成熟了。

　　但两天后回来，阿南突然觉得父亲衰老了，老了好几岁。

　　很少抽烟的他，也买了包没有过滤嘴的烟，抽一口，咳一下。

　　父亲把目光收回来，终于对15岁的阿南说："你扁头小无不在了。"

　　"不在了。"他说得慢而低沉。

　　不在了，在乡下，就是死了。

　　啊，啊，啊！

偏头小大，死了！

小大，就是堂叔。乡下称有血缘关系或比较亲的邻居。扁头的绰号，是小大生下来头有些扁吧。

他张大嘴，不敢相信："他咋死的？"

小大，还 30 岁不到吧？

父亲，把路边的黄豆叶子揪了一片。

转过身，抚摸着阿南瘦削的肩，缓缓地说：

"病犯了。"

父亲眼里，有光一闪。他抹了抹，又望向稻田。

前天中午，小大去前面塘基那边，捉黄鳝。一跤跌到塘边，无人看见，被水淹死了。

扁头小大，有羊角风病。

啥叫羊角风？是一种神经系统病。

之前阿南好像听祖母说过。小大，好像也犯过。一年一两次，不多。但谁也不知，病何时会发作。

有次，走着走着，好好的就一跤跌倒，人事不知，口中吐白沫。

祖母说，这时候，千万不要动他。

只旁边看着。过一会，他自己会醒来，一点事也没有了。

但是，就怕跌倒在石头上，撞上头就危险。

乡下的地都是泥土，基本不会头破血流。

还有，祖母说，更怕，跌到水里，不能透气，就会憋死。

小大这种病，街上县里瞧不好。咋样得的，不知道。

小大父亲是阿南爷爷的亲二弟。

小大的母亲，阿南应该叫二奶。没见过。小大很小时，她就病死了。

小大一直，喊阿南祖母叫大妈。

祖母对这个堂侄好。说他不滑头，干活勤快，就是有些憨，没有啥心计。只是喜欢喝点酒。没有钱，就捉黄鳝，卖得钱去买点酒，解解乏，消消愁。

在祖母操持下，他成了家，但结婚好几年，也没有孩子。

多年后的夏天，祖母还提起，叹口气，握住阿南手："你小大在，每年夏天，都送好些黄鳝给你吃。说给大侄子补补，长身子，考中大学。"

那些黄鳝，都是小大干完田里农活，顾不上休息一下，冒着烈日酷暑，用手捉的，没有用任何诱饵。

你小大，就有一个能耐本事。村里年纪大的人还记得小大的厉害。

村子，几百亩水田，上千条田埂，哪里有黄鳝，哪里有黄鳝洞，洞里黄鳝多大，他就像个老司机都心里有数，了如指掌。

即使隔壁几个村的池塘，小沟渠或稻田，他只要在田埂上一站，就马上心里清清楚楚。

阿南记得，小大说过，行行出状元。只要你用心去琢磨，就会懂得与别人不一样。

阿南想到自己的学习。自己成绩好，好像也是这样。

如何捉黄鳝？门道可多了。村里人请教有何秘诀，但小大总是说，凭感觉。也许他心里知道，只是木讷，表达不出来。

村里那些跟小大一样大年纪的，约好去捉黄鳝，他们忙活了半天，捉到的都是又细又小的黄鳝。村里，叫作黄鳝孙子。而小大，几乎不会，他的小篓里的黄鳝金黄，又粗又多。小过小手指的黄鳝，捉到了，小大也全部放生。他也劝那些伙伴，不要用针去扎黄鳝，用手最简单，黄鳝也不会受伤，卖相也好。村庄的伙伴，怪怪一笑，慢慢地，同伴再也不与他一起去捉黄鳝了。

野生黄鳝鲜美，刺又少，肉质鲜嫩可口，具有很高的营养价值。

常常黄昏时，从田埂上一回来，小大就到阿南家喝口水。喊声大妈,从篓子里拿出两条最大的黄鳝,给祖母,放到水桶里养着。

祖母,第二天,就用剪刀饧开,用砖头砸平。油锅一炒,放两瓣大蒜,加点尖椒,香得不得了。

阿南和妹妹们最喜欢吃祖母做的尖椒大蒜炒黄鳝了。

黄鳝一年四季都有,但小暑前后最为肥美。这时候,捉黄鳝的人也最多,价钱也最贵。

暑假时,阿南拿本书,赶着十几只鹅,让它们在田埂上吃草。田头有棵糖榴树,结满了酸涩的迷你版的野梨果。不远的田埂处,是小大背着小篓在附近转来转去。

快中午了,阿南坐在树下,书看完了。他的眼睛突然被左边田埂下稻田边一个小洞吸引住了。黄鳝,黄鳝的头,从洞口伸出来了。

金灿灿的,好大的头。

阿南心跳加速,大黄鳝!老黄鳝!

他差一点蹦起来,心砰砰乱跳。

抓住它!

没有多想,他一下子跳到稻田里,伸开右手,又开大拇指和食指,朝洞口卡去。黄鳝,一见人来,迅速把头缩到洞里。

阿南,那个急啊。正准备把手伸进洞去。

"不要抓,不要抓!"

不知何时,小大从田埂那头跑来,连连挥手。

阿南一愣时,小大已一把把他拉到田埂上,急急说:"这不是黄鳝洞,是蛇洞!"

啊,我的妈啊。把阿南吓得魂飞魄散。将信将疑时,洞口,那个金色的"黄鳝",出来了!果然不是黄鳝,而是一种叫火草链的有毒的蛇!

火草链!全身赤红的一条蛇,母亲说过,旱地土呆蛇最毒,这水里可是它最丑恶！

上次村子里三保，在田埂上放牛时，给火草链咬了一口，腿马上肿起来。幸好小大急奔30里路到黄栗树村，求来了表叔家祖传的蛇药才消毒止痛。

小大让阿南闪开些。说时迟那时快，用小铲，一铲把火草链铲成两节。

看着脸色惨白的阿南，小大指着洞告诉他，黄鳝洞与蛇洞的不一样。

原来，黄鳝与蛇的洞也是这么相似啊。

小大带他到不远处，指着另一个洞说，这个洞，才是黄鳝洞，里面有一条半斤重的黄鳝。

说着一弯腰，用铲子挖一块土，拨开草丛把洞口一堵。又在旁边，找到洞口，手朝里面一伸。

手上多了一条活蹦乱跳的黄鳝。

看看，这才是黄鳝啊。小大，把黄鳝慢慢放到篓子里。

小大，还示范给他看，黄鳝有黏液，很滑。手指必须形成交叉，卡住头后面，这样黄鳝才挣脱不了。

阿南，一次次试，还是抓不住。

小大笑着说："你是拿笔的手，太细嫩了。"

小大把手摊开，栽秧割稻砍柴的手满是皱纹，这是面朝黄土背朝天的农民的手啊。

小大说："种田辛苦，你要好好读书，用功读书。"

阿南连连点头……

小大，卖黄鳝的钱，一直藏在一个陶罐里。

祖母说，小大一直想攒多的钱，去南京治一下病。

小大，没有留下照片。人到中年的阿南，几乎回忆不出他的样子了。

清明时节，回到老家时，祖母都跟阿南说，去给偏头小大烧点纸钱，买点酒喝喝，也玩玩小牌九。

二爹的坟与小大的坟在一起。小大，没儿没女，坟边的茅草长得把路都盖住了。

坟下是水田。捉黄鳝的人，每年都在这里走来走去。化肥、农药用得多，黄鳝也越来越少了。

阿南记得，小大曾经说过，这块水田，依山傍水，是黄鳝的老窝。

前些年，三宝在水田里，用砖砌了墙，倒了水泥，买了黄鳝苗，养起了黄鳝。

去年夏天，一场大雨，把墙冲垮，黄鳝全跑走了。

又是芳草萋萋。小大，在这里长眠已经 33 年了……

桑 葚

前几年阿南到番禺南村的一个古村落，在村公园的文化墙上看到二十四孝图。居然有一孝，跟桑葚有关。是第十四孝《拾葚异器》：

汉蔡顺，少孤，事母至孝。遭王莽乱，岁荒不给，拾桑葚，以异器盛之。赤眉贼见而问之。顺曰："黑者奉母，赤者自食。"贼悯其孝，以白米二斗、牛蹄一只与之。

蔡顺，汉代河南汝南人，少年丧父，事母甚孝。王莽之乱时，遇到饥荒，颗粒无收，村民们都纷纷外出逃难。蔡顺母亲，有病在身，卧床不起。幸好天不绝人，村庄周围有野生桑葚，可以拾桑葚母子充饥。这一天赤眉军来到了村子，与拎着两个竹篓子的蔡顺相遇。赤眉军士兵好奇问道："为什么把红色的桑葚和黑色的桑葚分开装在两个篓子里？"蔡顺回答说："黑色的桑葚供老母食用，红色的桑葚留给自己吃。"

亲自摘过桑葚吃过的人才会明白，红色和黑色的味道是不一样的。黑色的桑葚，是熟透了的，甜，一咬就是汁水。而红色的桑果，还半成熟，会生硬和酸。

小时候，春天，冰雪一融化，村庄里的树丛中的桑树就冒出了新芽，长出了嫩芽，叶子舒展开，像儿童的手掌大。这是本土的。而种在二丫家园里的，有一棵大树，叶子有大人手掌那样大，好像后来引种来的。

两个品种不同，结的果子，也大小迥异。味道，也感觉大树的更甜些。

赤眉军的首领估计也是农村出来的，小时候也没少偷摘过邻居家的桑葚。知道孝顺父母，只是没有蔡顺做得这么精细入微。无情未必真豪杰，赤眉军的这些首领也是贫苦大众、有血有肉的人。许是老母如今已不再，自己在外出生入死为的啥？百感交集，不禁触动一颗柔软的内心，怜悯小蔡的孝心，送给他二斗白米，牛蹄一个，以示敬意。

蔡顺，靠这二斗米，应该度过了青黄不接的日子。后来，才有力气和精力把这段故事讲给大家听，也感动了更多人。

2010年8月，阿南去新疆东疆，看见路边的绿洲上好多遒劲的树，居然是桑树，虽然果季已过。但在葡萄沟里，陪伴着葡萄干一起摆卖的，也有野生的桑葚干。

作为丝绸业基础的种桑养蚕业，国家在2006年实施了"东桑西移"战略工程。

5月底到6月中旬是东天山桑葚成熟的季节，这里的桑葚个头大、水分足、糖度高！听导游说，维吾尔族几乎每家每户都会种植桑树。

吐鲁番其他的乡镇，还有鄯善下面的农村，桑树都很多，他们家家户户门口都种的，可以避暑，可以吃果实。同行的哈密小红笑着说，桑葚黑的虽然最甜，但不能多吃，吃多了牙齿都是黑的了。

桑葚，桑树的成熟果实，为桑科植物桑树的果穗。又名桑枣、桑果等。

原来，在我国古代，桑、梓是与人们的生活关系极为密切的两种树。桑树的叶可以用来养蚕，果可以食用和酿酒，树干及枝条可以用来制造器具，皮可以用来造纸，叶、果、枝、根、皮皆可以入药。

《诗·小雅·小弁》中即有句云："维桑与梓，必恭敬止；靡瞻匪父，靡依匪母。"朱熹集传："桑、梓，二木。古者五亩之宅，树之墙下，以遗子孙，给蚕食、具器用者也……桑梓父母所植。"

在古人的心目中，分枝再生能力极强的桑树和生长快速、材质优良的梓树都是生命之树，是传承之树，人们将它们视为灵木。

桑葚自古以来作为水果和药材被应用，现已被卫生部列入"既是食品又是药品"的名单，被医学界誉为21世纪的最佳保健果品。

"嫘祖教民养蚕始于山西夏县"，早在5000年前中华民族的先祖就用桑树叶养蚕。我国是世界上种桑养蚕最早的国家，桑蚕也是中华民族对人类文明的伟大贡献之一。

阿堂的乡下西涌村，骝岗河从西边清澈流过，海拔不高的几个山冈种满了荔枝龙眼黄皮。

清明前后，阿南参与拜完山，沿着乡间小路走到村头。

池塘边的一棵桑树，挂满了红色的、黑色的桑葚。这是岭南最早的水果了吧。虽然，没有北方那么大片的种植。

中学读地理，说珠三角是桑基鱼塘。阿南来了多年，成片的桑树，几乎没有见到。这难得一见的被时间留存的桑树，年年迎得春来。

桑葚静悄悄地结果，由青到白到红到紫黑。

阿堂，身手敏捷，爬到树上。这是三叔家的，平时也没施肥，也不用打理，孩子们想吃就吃。但现在的孩子们啥没吃过？他们看到桑果，远远没有中年大叔们的兴奋。

阿堂说，明年这里要征地，盖房子。这棵桑树，不知能否保留啊？

再过几年，这里，也许早已高楼林立。

桑葚，我们只能到超市里购买了。

桃 花

花都是随温度而开的。

阿南忽然想，心花也同样是随着温度而绽放的。

温度变化，决定了一年四季的更替，决定了世态炎凉的差异。

这不，雪花化了，冰融成了水。地球一公转，位置一改变，太阳给的光和暖就不一样了。

太阳的热情，几乎都一样，对于地球，对于月亮，对于木星、金星、火星等等。

但地球旋转的距离和角度，就产生了温差，带来了万物无数的生命和演出。

大年一过，小年一过，二月二一过，春天就真的来了。

皖东丘陵的春天，是随着一枝桃花，正式开启的。

"从开放的时间来说，桃花开得相对而言早点，三月桃花四月杏花。"这是谁说的？

阿南童年的桃花，好像不是这样。

花开是有个次序，每年都大致时间，相差不大。

阿南家后园，没有种过桃花，不知为啥。

却一直有杏树。枯了老树，又种了新树。年年都有花开。

阿南出生那年，那棵杏树一树的花，把树枝都压弯了。喜鹊在枝头叫个不停。

母亲说，当时前面三老太说，家里终于要出人才了！

那年夏天，一村人，都吃到了祖母用碗装得满满的黄澄澄的杏子。

今年阿南回去过年，村里的89岁的大堂奶还清楚记得，还是那年的杏子最香和最甜。

桃花呢？村庄最后头好像有一家，种了一株大伞一样的树，阿南只记得，与小文、二六去偷偷摘过，桃子还小，青涩，毛茸茸的，涩口。

桃花，也开过，只是在孩子们眼里，花永远入不了法眼。果实，在那个年代，不仅可以大饱口福，也可以打打牙祭，填填饿瘪了的肚子的。

后来，桃树生虫了，不结桃子了，主人家就砍了。树干做成了桃木大桌。

外婆家，在阿南村庄的15里外。

母亲，每次带阿南回娘家，都是走路去。走一会，阿南就累了。母亲就背着他，那时母亲可是能挑动200斤担子的。

"外婆家，还没有到啊？还有多远啊。"阿南，不停地问。

"快了！快了！"

母亲，指着前面黑压压的一片林子，过了那片桃林，就到了！

桃林，乡下叫作园艺场。多年后，阿南咀嚼这个文雅的名字。从西方舶来的诗意的名字。

不知当年谁起的名字啊？

初春的桃树，长在山坡上，一垄垄，齐齐整整。一眼望不到头。

春天三月，春雨下过后，这桃树就有了力气，花骨朵就出来了。

那时，村庄里来了养蜜蜂的人。

阿南，记忆里，是甜甜的蜂蜜。

蜂蜜是咋长出来的？

放学回来，村里几个小伙伴远远围住那个大叔看。

无数蜜蜂飞舞，嗡嗡嗡。

大叔，从好远的北方来。哪里要花开了，就到哪里去。

他清楚着呢。

园艺场离村里十里路，大人走起来，也有一个多小时，对于蜜蜂来说不用。大叔看着阿南他们说："蜜蜂，一天能跑几十公里呢。"

祖母，用家里的土鸡蛋跟养蜂的大叔，换蜂蜜。

"蜂蜜，可是蜜蜂，辛辛苦苦酿出来的。你喝了，头脑会聪明，考试考第一名。个子会长高的，身体也会强壮的。"祖母，把蜂蜜当宝贝一样收起来，每天晚上用勺子倒一勺。这蜂蜜只给阿南一个人独享。不过妹妹们也好像也没啥兴趣。

阿南，一开始，还不习惯。

喝多了，感觉有桃子的味道呢。

小学五年，每个春天，阿南都啜饮这桃花的香味。

后来，养蜂人不知为啥就没有来了。祖母给钱，让阿南去读书的中学附近，去买蜂蜜喝。商店里的蜂蜜，甜是很甜，但却再也喝不到桃花的味道了。

提到桃花，阿南也慢慢体会到了无尽的欢喜，淡淡的惆怅。

最早读到《诗经》里的："桃之夭夭，灼灼其华"，桃花穿越上下五千年，未曾改变。

后来在书上读到了唐朝崔护的诗《题都城南庄》：

去年今日此门中，人面桃花相映红。

人面不知何处去，桃花依旧笑春风。

多少诗文，年少时只是读其表面，不解人生况味。直到自己历经沧桑，饱尝离别，才知道每一次的桃花盛开都是唯一的一次，一起看花的人也是不能重复的啊。哪里才有《三生三世十里桃花》啊……

生命中的桃花，那些割舍不下的情缘，一如李白《山中问答》：

问君何意栖碧山，笑而不答心自闲。

桃花流水窅然去，别有天地非人间。

能像白居易《大林寺桃花》中所写吗：

人间四月芳菲尽，山寺桃花始盛开。

长恨春归无觅处，不知转入此中来。

眼前桃花已谢，心中桃花还在深山里含苞待放呢。

陶渊明的《桃花源记》里说："忽逢桃花林，夹岸数百步，中无杂树，芳草鲜美，落英缤纷。"多么唯美的画面啊。

阿南忽然想，陶渊明，是喜欢菊，喜欢菊的清洁淡雅，所以采菊东篱下。但他应该也喜欢桃花啊。不然，为何把理想之国，安置在桃源里？！

《桃花庵歌》是明代画家、文学家、诗人唐寅创作的一首七言古诗。此诗中诗人以桃花仙人自喻，以"老死花酒间"与"鞠躬车马前"分别代指两种截然不同的生活方式。他曾经倜傥风流，才高八斗，却天意弄人，深陷牢狱。状元之梦破灭，跌入生命低谷，却在文字书画里升华。用他的梦想连中三元，换来旷世奇才唐伯虎。

500 年后出生的阿南，直到年过四十，才真正认识到真正的唐伯虎不是点秋香的唐伯虎，而是桃花庵里的唐寅：

桃花坞里桃花庵，桃花庵下桃花仙。

桃花仙人种桃树，又摘桃花换酒钱。

酒醒只在花前坐，酒醉还来花下眠。

半醉半醒日复日，花落花开年复年。

但愿老死花酒间，不愿鞠躬车马前。

……

"但愿老死花酒间，不愿鞠躬车马前"，何等肺腑之言，何等内心的向往！这才是认识自己，认识到快乐之所在啊。

陶渊明之后，一千多年后，唐伯虎又横空出世，魂系桃花。

从明天起，做一个幸福的人

喂马、劈柴，周游世界

从明天起，关心粮食和蔬菜

我有一所房子，面朝大海，春暖花开

……

海子的《面朝大海，春暖花开》，应该是桃花的盛开吧。

桃花开放，生机盎然，这是生命的繁衍传承和生生不息。

桃木可以辟邪，粤语中"红桃"和"宏图"谐音。花市上，广州过年喜欢买棵桃花放在家里，祈福一年平平安安，寓意"大展宏图"，同时也有行桃花运的意思。踏入 2019 年，微信里阿南的好友推荐去看桃花。十里桃花，万亩果园。广珠线 105 国道上，江西进入广东的第一镇，上坪的桃花，果然名不虚传。以九连山万亩水蜜桃基地为依托，自然景观与观光农业完美结合，形成"农旅合一"的鲜明特色。

开车走大广高速，去时花期将过，绿叶已生。桃花不在人多处，一念间，阿南把车开到路边的小山村里。弯弯的土路，黑瓦泥墙的客家老房子在春风里像一个个老人，几株桃花在屋后悄然绽放。强烈的对比，料峭的天气，一下子暖和起来。桃花旁边，油菜花也一片金黄，蜜蜂飞来飞去，布谷鸟不知在哪棵树上快乐地鸣叫。佳人巧笑倩兮，真的是人面桃花相映红了……

阿南，突然想起，自己这么多年，好像还没有为桃花写过一首诗呢？

梅花，菊花，木棉，莲花，姜花，等等，都为它们写了不少文字。

还欠桃花一首诗啊。

剃　刀

一

　　在皖东地区的全椒县，至少广平镇吧，阿南还记得小时候，剪发不叫剪发，叫剃头或剪头毛。

　　那时觉得用家乡方言，说起来，自然顺口。

　　读大学到武汉，见到发廊，几个男同学怯怯进去。

　　看见几个发廊女孩，浓妆艳抹，笑得牙齿特别地白："理发呀？"

　　"理发？"阿南说，"我是来剃头的。"

　　"剃头？"

　　看她还没听明白。阿南又补充，一字一句说："就是剪头毛。"

　　宿舍同学小张，也是安徽东部的，风俗习惯接近。他见武汉小妹张大了嘴，对阿南调皮一笑。

　　"不是剪头毛！"

　　"是剪头发！"

　　"对，剪头发。"阿南脸红得像红纸一样。

　　"哈哈。原来是理发啊。"

　　"原来理发就是剪头发、剪头毛啊。"

　　这个笑话，很快就传遍了班上。

　　大学四年，不管男生女生，都把理发，叫剪头毛了。

　　真的，把别人忽悠得一愣一愣的。

以为从港台刚流行过来的时髦用语呢。

二

说起剪头毛，当然要用几个工具：剪子，推子，剃须刀。而剃须刀，明显是老大。

村子里的二毛，除了负责阿南他们村300多人口的剪头毛，还在农闲时，到隔壁几个村，揽几个活，赚几个小钱。

阿南他们村叫大於村，大多姓於。但二毛，不姓於，姓许。村中好像就他一家是这个姓。

为何只一家？是从外地来阿南他们村的。

祖母冬天时说过。阿南那时没有手机，没有相机，没有录音机，也没有用笔记下来。

二毛，咋会剪头毛的？

不知道。村庄，好像就他一个会。

他多大年纪？那时觉得他二十多岁。至少大阿南十多岁。

"那时是个小能干。"母亲说起他，夸起来。

关于他的故事，阿南的臆测大致是：刚刚改革开放不久，他到街上赶集，听到县里有剪头毛培训班，就赶去报了名，没几天回来了。就练成剪头毛的功夫。

实际上，在20世纪80年代，二毛，哪有钱坐车去县城，虽然只有30公里。

而且，他也哪有时间去培训学习？

他家兄弟多，家庭联产承包责任制刚刚实施，春种秋收，忙个不停。即使冬季，也要家家挑滁河，修水利。没有条件去进修的。

这样说来，他，不是祖传，就是自学成才。

二毛，阿南小时候，不能直接喊他这个称呼，那是同龄人或长辈才可以的。阿南他们叫他小大。

爸爸，叫大大。爸爸的二弟叫二大，顺延下去，就是三大，四大，五大，轮到最小的，就是小大。

或者对外姓没有血缘亲戚关系的，也可以礼貌统称小大。大致就是小叔的意思。

二毛小大，远远从东边茅厕那棵桑果树转过来，手里拎着一个布袋。

"二毛，二毛，有无时间，给我家小南剪个头毛。过两天，就要开学了。"祖父端着碗，在大门口吃着粥呢，对着二毛远远招呼，"在我家吃个早饭吧。"

二毛说，吃过了。他照例客气喊声大伯。大伯是比自己父亲年纪大的，而二大、三大，则是比父亲年纪小，辈分相司的。

阿南小时候，是乖的，也比较害羞。

剪头发，是常常躲着的。

坐在板凳上，动也不能动。

明晃晃的剃刀，在阳光下，闪亮，锋利无比。

它的样子，阿南多年没见了。

但那个光亮，这么多年，一直在眼前闪动。

阿南好像没有叫二毛小大，他似乎不太高兴。

"别动啊，刀很快啊。"这剃刀，真的快。阿南见过村里小狗子，曾经在二毛忙着时，偷偷拿了刀，把一只与他家狗争吃的鸡，一刀割断了脖子，鲜血喷溅，那鸡身子还在跳个不停。

二毛，可得罪不起。

他的剃刀，不亚于金庸笔下的倚天屠龙剑，不亚于古龙笔下的小李飞刀。

他把这刀当作传家宝。刀在人在，人在刀在。

听说新婚之夜，新娘子在枕头下摸到一个布袋，好奇打开一看，吓得兴致全无。

当然，阿南这么多年，没有听过二毛发生过啥重大医疗事故。但割破头皮，流血，还是有的。

比如二毛心情不好一不小心，比如小孩扭来扭去，比如……

拿出剃头刀子在磨刀石上撩上水，呲呲地磨开了刀子，直到磨得亮亮的快快的，然后用手巾一擦，再吹一口气就开始剃头了。

二毛一只手扶着阿南的头，一只手开剃，只觉得耳边咯吱咯吱的响。随着响声一撮撮头发掉在身上，又滚到地上，他一边剃一边哄着阿南："一会就好了，剃干净了好去玩。"

剃完一照镜子，整个人精气神顿时焕发出来。

三

对于男士而言，选剃须刀就像选爱人，合适的才是最好的。

手动剃须刀的效果最为干净、彻底。一般来讲，手动剃须花费时间较长，大概需要10～15分钟，但效果非常好，刮得很干净，胡茬全部扫光光。

刀头是否犀利，直接影响到剃须的效率。

阿南不喜欢电动的剃须刀，这么多年。大学时穷学生，用的好像是上海的刀片，那时觉得还可以。工作后用了吉列的之后，感觉两个那是天壤之别啊。

不能笼统地说手动好还是自动好，每个人的剃须习惯不一样，必然有不同的选择。

随着生活水平的不断提高，各类小家电产品也走进了寻常百姓的生活中。很多行业都渐渐淡出了人们的视线，剃头匠、铸锅匠、磨剪子戗菜刀、挑货郎……

它们代表的，不仅仅是一门技艺，更是一个时代，一群人的记忆……

去年回去，母亲提前去村东头买了两斤野生黄鳝，是在二毛家买的。

二毛，早已不剃头了。

他做了村里卫生清洁员。农闲时下笼，卖野生黄鳝。大条的，一斤 40 元。

村子里的人都到城里去了。

剃头刀，他的那把剃头刀还在吗？

阿南的眼前又亮出一刀耀眼的白光来……

西瓜，西瓜

一

阿南与村里小龙两个，辈分相差两代，都同年出生。

阿南母亲与小龙妈，在岗垄上，各自在自家田里锄草。

小龙妈，眼睛不太好。

不得不把背弯得更低，好辨认出棉花和杂草。

隔个田埂，就是阿南家的田，两家田挨着。阿南六七岁吧，还没有上学。大人在干农活，小孩就在田头玩。

玩啥，捉蚂蚱，找覆盆子，挖草根。那时，没有啥零食，一年能吃几次糖果也是稀罕。

到田埂上，找找野生的果子，是阿南他们唯一能做的，又乐此不疲的。

汪窑村那边靠近大路，种了两亩西瓜，再过十几天就要熟了。两个母亲的聊天，让阿南听到了。

西瓜，快熟了。就在不远处的岗垄上。

在那一片片绿色的瓜藤下，长着一个个穿着绿色花衣服的西瓜，西瓜有椭圆形的，也有圆形的，大的有十多斤重，小的也有几斤重了。

中午的太阳照得棉花发亮，小龙妈直起腰：

"我们回家吃饭吧。"

她突然担心叫起来："两个伢子呢。"

阿南母亲，个子高，也看得远，她不急不慢地说："刚才朝汪窑岗那边偷偷跑去了。"

一百多步远，瓜田边上搭了一个茅草棚子。驼背舅爹，就在那里守着。他也 70 多岁了，虽然不是一个村的，也沾亲带故。

阿南每次跟祖母上街上，都经过他家屋门口。祖母让阿南喊他舅爹的。

小龙妈这时清晰地听到小龙的呜呜的哭声，这哭声一声声从瓜田那边传来。两个母亲，都扔下锄头，拔腿就跑到瓜棚处。

驼背舅爹拿着长长的竹竿，小龙坐在瓜田里，还抱着一个大西瓜不放。西瓜圆圆的，像一个胖娃娃。那桑叶般的叶子，上面还带着一丝丝的绒毛。

"这瓜，还没有熟啊。不能摘。伢子，你看，你看，还把瓜秧子踩断了。"驼背舅爹心痛地说。

小龙妈，连连陪着不是。

等阿南母亲跨过去把小龙从瓜田里抱出来时，才想起，阿南去哪里了。

找啊找，喊呀喊，阿南，阿南。哈哈，阿南最后在目家田里，抱着偷来的瓜躲在棉花田里，睡着了。

阿南母亲，每次跟阿南说起 40 年前的这个偷瓜事件，都说神了。一个小孩子，如何把一个瓜，连滚带爬，搬到这么远的地方的？

阿南，好奇地听。

有这回事吗？那瓜，后来咋样处理了？

咋都不太记得了。下次回去要好好向母亲问个仔细。

每次经过那片田，阿南都想找找那个厉害的少年。

那个西瓜，一定很甜吧？

二

阿南还记得 1992 年夏天。江城武汉，火炉的火热烧得人坐立不安。

老四，是班上的劳动委员。

周六下午，从班级信箱拿了一堆报纸杂志。手里高高扬着一张汇款单。

"老三，报社的汇款单！"阿南在宿舍排行老三。老四笑着说："请客！"

这之前，已经被"敲诈"过几次了。

汇款单，60 元、80 元，不等的。

在那个年代，对于穷大学生来说，数目也非常客观。

阿南清楚记得，精打细算的父亲每月给的所有开支费用也就100 元。

偶尔的稿酬汇款单，当然不能跟班上有钱同学父母从南方时不时寄来的费用汇款单比，但也让阿南和宿舍几个兄弟欢喜，可以好好撮一顿了。

之前已经喝过中德啤酒，去过大门口斌斌酒家，吃过尖椒炒腰花了。

"天这么热，楼下就有卖西瓜的。"老五提议道。

不等取出稿酬，老五说，他先垫着。跑下去，就抱了个大西瓜上来。

啊，这么大。瘦瘦的老五，满头大汗。

到楼顶去，还有点风。

五毛钱一斤，这瓜 20 斤重，10 元钱。

阿南还是第一次买这么大的瓜。宿舍的其他四个都出去找老乡了。

就咱们三个，吃得完吗？

老四来自农村，平时做农活多。说声"看我的！"一拳砸下去，西瓜弹了弹，没有反应。

老四涨红了脸，这啥西瓜，皮厚啊。

他把手搓搓，马步立好，大喊一声"开"。

铁拳因声而入，被套住了。

阿南和老五，哈哈大笑。

赶紧再一人补上一拳，硕大西瓜四分五裂。老四，一手都是红色的西瓜汁。

大家各自掰开，化整为零，蹲下来，瓜分这夏天最解暑的水果了。

只觉得甜到了心里，全身凉爽。

这西瓜，是杂交新品种，个大味道甜、沙瓤。风卷残云，地下只剩一滩果汁、一堆瓜皮和黑色的瓜子了。

一个人平均吃了快七斤，肚子大得像怀胎八个月孕妇。

大家直不起腰了，更下不了楼梯了，坐在地上。

直到1个小时后，夜幕降临，终于部分消化，一起到排水沟处撒了几泡尿。

大家才缓过劲来，拍拍还圆鼓鼓的肚子，相顾一笑，孕妇一样慢慢踱下楼来。

三

阿南至今还记得祖父说的话：西瓜最容易吸收，天热比喝什么饮料都解渴。

小时候，每年夏天，村里大多种籽瓜。籽瓜顾名思义，主要为了出瓜子。籽瓜，个小，甜度远远不如西瓜。

但现在村里也好久没有人种籽瓜了。西瓜也很少。

高速公路畅通无阻，全国产的各个品种西瓜，都能在家乡买得到。家乡的西瓜，种出来，没有它们的甜。

小时候，阿南不知为何那么喜欢吃西瓜。他不喜欢切成一片片的。他用勺子挖着吃。怀里半个西瓜吃得只剩下绿皮。阿南的肚子鼓起来，就是一个西瓜了。

不是花皮的是白色的。

母亲说，隔壁二奶前两年还说起你吃西瓜的样子，坐在门槛上嘴里一边吃，穿着开裆裤一边撒着尿呢。

阿南听了，啊，啊，脸就红了。

大学毕业，阿南到了南方。这里一年四季都有新鲜水果。

阿南大快朵颐，但说起最喜欢的，还是西瓜。

黑美人，这个品种，尤其甜美。

黑美人西瓜，多好听的名字。长椭圆形，果皮深黑绿色，有不明显条纹。果肉红色，肉质鲜嫩多汁，果实至瓜尾品质依然安定甜美，果皮薄而坚韧。

在广州吃到的最好的，还是海南岛的黑美人。也有其他地方的，感觉不够正宗的黑，虽然也是美人。

那年五月，阿南开车，在路边买了一个黑美人西瓜。走到公园的柳树下，蝉鸣清幽，凉风阵阵。孩子妈腆着大肚子，穿着孕妇裙，脸上满是幸福的笑。她抚摸着肚子，轻轻说，宝宝，现在我们一起吃大西瓜。你要补充营养，长得帅帅的、壮壮的。还有一个月，我们一家就见面了。阿南，右手抚摸一下她的肚子，左手按着黑美人西瓜：是啊。宝宝。我们欢迎你来到我们家，来到美好的人间！

一人一个勺子，一人半个。

阿南更多地用勺子喂给孩子妈吃。

甜吗？

甜。

还吃吗？

还吃。

不，不能再吃了。

孩子妈，好像感觉孩子在肚子里有些动静了。

阿南，一个人把剩下的，一口口吃完。

阿南的肚子也鼓起来了，像一只白皮熟透了的大西瓜……

油菜花

油菜花是故乡春天的花。

是阿南的，也是很多人的。

至少是阿南童年的和少年的。

大学毕业后，阿南就去了南方，再也没有在春天时回过家乡。回到家乡更多是冬天，也就是过年。

过年时，油菜就跟白菜一样，绿油油的，矮矮的，瘦瘦的。在田野里，跟泥土们在一起。冬天的皖东丘陵，几乎没有绿色。唯一绿色的庄稼就是麦子和油菜。麦子，在旱地里，油菜在水田里。旱地，就是丘陵的小岗子上，对水要求不高。

水田，地势低，沟渠纵横，隔不远就有一口水塘。水塘，主要是储水用。水田，在阿南乡音里叫圩。圩，到底是啥概念？度娘是这样解释的：中国江淮低洼地区周围防水的堤。再引申是有圩围住的地区。

阿南觉得，解释得不太准确。在故乡，圩里与山里，有着不同的农耕方式。至少山里几乎种不了水稻，因为，用水量比较大。

滁河，就在河堤的那一面，所以，理论上是不缺水的。圩，既是防水，又是用水，一举两得。

油菜与水稻，是水田的 AB 角。阿南突然觉得，这个比喻最恰当。

水田，一年可种两季稻，早稻，晚稻。这是指春天到秋天。

而冬天到春天，则是油菜来值班。

它的籽可以榨油，阿南小时候几乎都是吃菜籽油，与猪油不一样的香。九十月间播种，长出来的叶子形状颜色有点像白菜。油菜有四瓣的小花，结荚收籽，呈灰赤色。

自小，阿南就看着村里的乡亲年复一年这样，春和秋收，脸朝黄土背朝天。

水稻和油菜，就像水田庄稼中的两个亲哥哥和一个亲妹妹。早稻大哥哥，晚稻二哥哥，然后就是油菜了。

旱地里，小麦大豆棉花他们也是另一对兄妹。

阿南家，包括村里的，有旱地也有水田。旱地少，经济作物多些；水田，几乎就是水稻油菜。

中秋节一过，晚稻就开始一片金黄了。晚稻，日晒少，收成也不如早稻。水田里的土壤肥力，也给早稻早早享用。

40 年前的村子，家庭联产承包责任制刚刚开始。

村民的积极性很高，地分到了各家各户，而且一分就是好几年不变。

阿南家，按人口也分了 13 亩田，主要是水田，大概 7 亩多。

下雨了，阿南在床上不想起床，祖母叫了几次才爬起来刷牙。祖父右肩上扛着一把铁锹，穿着雨衣，脸上滴着水珠，他天没亮就到油菜田里看长势了。他从地里拔了一大把嫩绿的泪菜，带回来，对阿南说："田埂上没有懒人，学堂上也不能偷懒啊。"

阿南周末要赶回八里外的初中，祖母让祖父一大早送送。

一头是被子，一头是米和油菜籽油，祖父挑着在前头走得快，阿南喊"老爹，等等，等等"。

祖父换了下肩，笑着转头指着左边的油菜田里的油菜说："这是我们家的油菜。那边是三爹家的油菜。今年雪下得大，没看到虫子出来咬叶子啊。"

刚刚过完元宵节，地里的油菜已经比过年前大了好多。阿南想，是雪水的营养吧。

祖父边走边讲，油菜不怕冷，越冷，越下雪，春天的油菜越没有病虫害，越长得壮。

祖父，不像祖母那么多溺爱，也很少说话。他，更多是在做好农活时，跟阿南说说他的人生体悟。

"人也像油菜一样。也要经得起冰天雪地。不然，就有害虫来破坏，没有好收成。"祖父，不认识一个字，说的话，也是庄稼人的话。

阿南，慢慢也听懂了，听进去了。

到乡公路上时，阿南赶上前，抢过祖父的扁担。

"离学校不远了。老爹，我来挑。"祖父，60多岁了，头上都是汗。

祖父坚持说："我再挑一会，到圩姜村，你再挑。"

圩姜离学校只有一里多路。阿南挑到山岗上，回头看见祖父还站在村头那片油菜田边，瘦瘦的身影。

阿南已经15岁了，祖父只送过这一次，以后，都是他自己挑东西回学校。

春天来了，叫天子欢快地叫着。蜜蜂也不知从哪里飞出来了。

阿南下午一下课，就拿本书，到学校后面的田埂上。

阿南在这个乡村中学度过了最青春的时光。校园在乡里的西北丘陵上，四面全是农田，远远近近的是村庄。

最美的，是春天，因为油菜花。

柳树发芽了，柳絮飘飘了，油菜花，一夜间，一下子从矮个子蹿成高个子了。

不是一株两株，而是，千万株约好了似的，一起都赶集来了。

坐在田埂上，蜜蜂飞过来，它们采蜜累了，也会调皮地盘旋一下，停在阿南的书上，好像也想读书呢。

阿南看着这些勤劳的似乎不知疲倦的小精灵，他说："小蜂子，今天我背完了两篇文章，你采了多少蜜，跑了多远路啊？"小蜜蜂，似乎想说啥，一阵风过，它又突然飞走了，飞到花丛里忙活去了。

多年后，说到春天，阿南就马上会想到故乡，想到油菜花，还有嗡嗡的小蜜蜂。

阳光，把温度一点点地升高，把被冬天冻得缩成一团的泥土拉开，把花骨朵从根部抽水一样抽到顶部来。

滁河像一条玉带在油菜花海里缠绕，这200多公里的滁河，流经肥东、含山、全椒、六合几个县的母亲河，春天时温柔无比，清澈见底。滁河很多时候是黄颜色的，春天时是高坡两岸的油菜花的倒影，秋天则是沉甸甸的金黄的水稻的倩影。

学校附近的田埂上同学们三三两两，说说笑笑。也有情窦初开的，两个人躲在油菜花田里，好半天不出来。出来时，衣服上、辫子上，满是黄色的花粉，蜜蜂也围着他们飞。

阿南记得祖父的话："春天不播种，过年西北风。"

是啊，春天，不抓住好天气，播下种子，到过年时，哪有好收成啊。村中也有几个懒汉，有的是力气，却好吃懒做，好好的地荒着。过年时，穷得门坏了也没钱修。阿南跟伙伴们去拜年，想讨块糖团吃，大年初一，大门关着，就听到那西北风呜呜地吹。

阿南在油菜花田埂上看累了，恍惚地做了一个个梦。就像学校里的所有同学一样，好好读书，考上中专，捧上铁饭碗，离开油菜花盛开的地方，到县城去，到省城去。

一只青蛙跳到身上，梦才醒了。

他喜欢春天，他喜欢这块土地，喜欢这一望无际的、不用一分钱门票就可以观赏的油菜花。

他常常，不知不觉走到滁河边。他在田埂上坐着看书。

他一遍遍背诵《春》，写得多美的文字啊：

"桃树、杏树、梨树，你不让我，我不让你，都开满了花赶趟儿。"

可是再咋背，阿南都没有发现里面有油菜花啊。

没有油菜花，也叫春天吗？

阿南知道，油菜花，到处都是，在乡下人眼里，种油菜，是为了结籽，榨油的。

没有多少人会把油菜花当作一朵花去欣赏的。

在那个物资匮乏的年代，祖母祖父还有乡亲们，他们不懂也没有闲情去诗情画意的。

从秋天点下油菜，他们就施肥浇灌，每天眼巴巴，望着它们长高长大，不要长瘦。心里祈福着，开花时，不要有大风大雨。

花快点开，快点结籽，快点榨油，快点卖钱。

家里行情万户，柴米油盐酱醋，婚丧嫁娶，哪一样不要钱？

特别是孩子们，还要交学费、住宿费、伙食费，还有零花钱。家里有几个孩子上学的，更是压力山大呢。

明知道，能跳出农门、鱼跃龙门的一百个学生中最多两三个，但每一个父母都勒紧裤腰带，省吃俭用辛苦劳作供子女读书。再说，捧不到金饭碗，就是识几个字也强，不至于睁眼瞎，扁担大"一"字也不认识啊。

油菜花开了又谢，谢了又开。

阿南读完了初中，又去了上游的高中。

高中，也在滁河边。只是镇上人更多，更加热闹。

那里的春天，油菜花，开得也更灿烂。高考时，夏天的县城，酷热。拿到试卷，阿南闻到了油菜花的香味。

他拿出笔，把在油菜花田里读的背的领悟的，全转化到试卷上。

那黑色的一个个字，工工整整，待在它们该待的地方。像一粒粒饱满的油菜籽。

阿南知道，黑色的油菜籽，只是表皮的黑。一旦榨油，就跟油菜花一样，耀眼的金黄，醉人的芬芳……

捉　鱼

阿南的故乡在安徽东部丘陵地区。

小时候，阿南就问父亲，啥叫丘陵。

父亲解释，是相对平原和山区而言的，就是介于两者之间。

故乡，有水田，平整低凹，叫作圩，面积最多几百亩。然后，就有小山冈，也不高。山地与水田，种的农作物，不一样。

山地种小麦、大豆、棉花、籽瓜。水田，主要是油菜、水稻。但也没有明显界限，有的过渡地段的，两者都可以种，关键是水源有保障。

水，是生命之源。

多水的地方，一般是洼地。地势低，储水容易。

因为靠近母亲河——滁河，所以，沟渠纵横密布。中间，还有几口小塘，主要也是储水用。

阿南，放暑假了，帮家里干干农活，放放牛，放放鹅。带本书，看着前面那座南山，那是遥远的含山和和县。

三宝、小龙和小五，同一年生，十三四岁年纪，长得壮如牛，夏天就捉鱼摸虾，整天泡在水里。

他们水性好，能一只手托起衣裳，踩着水，轻松地游到滁河对面去。

顺便再偷摘几个刚长个子的黄瓜，或者拽一两棵花生秧。

夏天干旱时，沟渠水，被各家各户水车抽完了，就抽小塘里的水。

小塘不大，但是深。

干完活的村民，就跳进去洗澡。水清凉清凉的。

有技术高超的，还能顺便在塘边的草丛里摸几条鲫鱼，捉一只老鳖，还有黄鳝。

都是野生的，小时候，圩里大把。那时还找不到不是野生的呢。

那时农药少，化肥少，鱼虾蟹与庄稼和谐共处。

塘抽得快干了，水浑浊了，所有的鱼虾都聚集在塯底。

捉鱼了，捉鱼了！

快回家拿网去！

叫上小三，小四也来！

……

田野上，各家各户，都在兴奋地呼喊着，跑动着。

塘，也是野生的，那时还没有被人承包，没有放养鱼。

谁都可以捉，先到先得。谁捉到，就是谁家的。

阿南看到鱼头在上面浮动，像无数个走动的灯笼，让一塘的人兴奋不已，激动不已。

浑水捉鱼，也是混水摸鱼。

年轻的两三个小伙子，轮开手臂，几下就把池塘搅浑了。

躲在水底的鱼都缺氧，伸出头，浮到水面吸气了。

水面上，一下子就铺满了大大小小的鱼头，不停地躲闪。它们也知道大事不妙，难逃一劫，但生命的本能，还是拼命地游、躲、钻、逃。

这时候，小龙虾是没有人顾得上的。多，贱，跟鱼没得比。

虾与鱼，舍虾取鱼也。

母亲拿着大网跑过来，跳到塘里。眼疾手快，网朝下用力一沉，快速一推，再朝上一提。哇，一条鲶胡子！足足有两斤。

鲶胡子，是稀少而珍贵的。

即使在水乡，在鱼儿遍布的时代，翘嘴白、鲶胡子、昂刺鱼与老鳖都是最好吃的，价钱街上卖得也最贵。

妹妹，在塘埂上提着水桶，被草根绊了一跤。

这次顾不得哭，马上爬起来，把桶伸过去。母亲用大手死死抓住鲶胡子，这种鱼黏糊糊，滑手。阿南，一直抓不住，即使在旱地。妹妹，把水桶抓得牢牢的。鱼还在桶里撞击地跳。

别让它跳出来啊！母亲说了一声，又急忙参加到捉鱼的队伍里。

阿南，用小网，学着母亲的动作，但好好的鱼头在上面，咋一提起，网里啥也没有啊。

阿南那个急啊，看着旁边的一个个捉到大鱼，听到岸上的欢呼雀跃，他快急出眼泪来，就像考试时间到了却始终做不出那道难题来。

大伯，刚耕完田，牵着牛抽着烟走过来。

看到大家热火朝天，看到阿南的笨拙动作，大伯在岸上说，不要急，伢子。看准了，眼疾手快就行。

大伯说，看到鱼头，网要朝下，再从水底跟着鱼游的方向，再前一点，朝上提网。千万不能还在原地起网。鱼早走了！

原来捉鱼，也要学习，也有这么多技巧。

大伯说的，不就是不能刻舟求剑吗？

阿南，反复试了几下，终于捉到了一条半斤重的鲫鱼。

妹妹在岸上叫："大哥，我在这里，快拿过来！"

阿南不敢学村里小伙伴那样一只手提住，一用力，就能准确扔到岸上。他深一脚、浅一脚踩着烂泥，紧紧攥住网口，半爬地吃力来到埂边。

和妹妹一起，欢喜地把鱼倒进桶里，赶紧再跳进塘里。

一条大翘嘴白，被阿南先发觉。翘嘴白，体长，侧扁，头背面平直，头后背部隆起，体背部接近平直。口上位，下颌很厚，且向上翘，口裂几乎呈垂直。眼大，位于头的侧下方。

这种鱼，是淡水鱼里的鲨鱼。专门吃小鱼小虾，跟黑鱼一样，是鱼塘里的两大霸王，但是肉嫩，味道鲜美极了。

阿南长大后读到汪曾祺的文章里有说到："我的家乡富水产。鱼中之名贵的是鳊鱼、白鱼（尤重翘嘴白）、花鱼（即鳜鱼），谓之'鳊、白'。"

他的网小，他的手发抖，鱼从网里轻松滑走了。

事关生死存亡，翘嘴白在与大家捉迷藏斗智斗勇呢。一会翘起来，一会沉下去。

一塘人都被这条鱼吸引住了。

在这头！东头的几个赶紧一起用网去兜。

提上来，全都是空的。

跑到西头来了！大家又跑过去，

三宝，小龙，小三，小四，也发现了这条鱼王。

谁捉住它，谁就最厉害！

大家的眼睛里，这时只有翘嘴白。

都在想，都挤在一起，眼睛瞪得大大的，我要捉到它！

鱼越捉越少，鱼头在水面开始稀稀疏疏了。鱼塘就像战场，鱼就是战俘。

大家屏气，张着一个个网，就像战场上的战士手执长矛短刀。

翘嘴白，去哪里了？！

难道钻到泥里了。可它不是泥鳅、黄鳝、黑鱼啊。

塘里岸上，无数眼睛聚焦在这块小小水面上。

大伯，这时把裤脚一卷，说时迟那时快，从岸上迅速跳到塘里。两只大手一左一右，慢慢合拢，然后迅雷不及掩耳地一扑。阿南，眼前一亮，这条跟大家斗了大半天的翘嘴白，被大伯从水里抱了出来。

"抓到翘嘴白了！"

阿南兴奋地喊。

"抓到翘嘴白了！"塘里的人齐声喊。

"大伯抓到翘嘴白了！"岸上的妹妹和小伙伴们拎着桶，跑到大伯这边塘埂上来。

塘里一下子无声无息，大家都停止了捉鱼。

那个羡慕佩服眼红啊。

忙活了半天，却被埂上刚来的大伯捉到了。

大伯跨步到田埂上，把鱼丢在旱田里。鱼蹦跳了好几下，就没力气了。

大伯用草搓成绳，从鱼鳃里穿过，提起来。阿南过去，那鱼快有阿南半个高了。

大家都上来看这条大鱼。三宝说，应该有四斤重。小四说，至少五斤。小龙说，比他上次捉的大了一个尾巴。

争个不亦乐乎。

这是阿南看到的最大的翘嘴白。

大伯，骑着牛，提着白花花的长长的翘嘴白，乐呵呵抽着纸烟回家了。

阿南晚上回到家，祖母端来一碗鱼汤，里面分明是翘嘴白鱼头和几块香喷喷的鱼肉。

这是大伯刚才送来的。

一个鱼头，三两油。

祖母说，大伯说让你补补身体，再考一个第一名。

粽　子

"过节吃粽子了吗？"

母亲端午节前打来电话问。

"有啊有啊有啊。

单位饭堂早餐就有粽子呢。"

阿南说。

这是广东的粽子。

吃不惯。

阿南吃了20多年了，还是吃不惯。还是喜欢故乡的粽子。

故乡的粽子，阿南算算，也才吃了19年。读大学后，就没有在端午节回故乡了。

是啊，多少年没有吃到端午节时的故乡的粽子了。

在阿南心里，端午节时的粽子才真正是粽子。端午节时的龙舟才是真正的龙舟比赛。

那些市场上随时卖的粽子，就像反季节蔬菜一样，总是缺少点啥？

缺少啥？

一样的粽叶，一样的糯米，一样的包裹，可就是不一样啊。

阿南母亲说："润泽，想吃吗？我包的快递过来。"阿南赶紧连连拒绝："别别，你孙子他不爱吃。"

而且寄过来也不新鲜了。

广东的粽子，最出名的是肇庆裹蒸粽。广东本地的人每次到肇庆旅游，一定要买上几盒，作为手信，带给同事亲戚朋友。

粽子个头很大，价钱也不菲。阿南吃过一次就不爱吃了。

不怕不识货，就怕货比货。

还有一句话，萝卜白菜，各有所爱。

味蕾真是奇怪，一样米养百样人。

阿南的口味，是何时形成的呢？

阿南吃粽子，第一选择标准是不是用芦苇叶包住的。

不是芦苇叶，阿南马上产生排斥心理，连打开也没有兴趣了。

粽叶品种繁多，是制作粽子必不可少的材料。南方一般以蕉叶、箬叶为主，北方以芦苇叶为主，用途也非常广泛，如斗笠、手工艺品等。粽叶一般都拥有大量对人体有益的叶绿素和多种氨基酸等成分，其特殊的防腐作用也是粽子易保存的原因之一，气味芳香，闻之如有回归大自然的感觉。粽子也不一定是由以上几种粽叶制成，不同的包裹材料，造就不同的粽子，再加上包裹的方法以及馅料，所以粽子也是品类繁多。

但阿南的故乡都是芦苇叶做粽叶的。

村子前的水沟里很多野生的，没有任何污染，最多一点灰尘。端午节包粽子了，随手掐些叶子，用溪里的水洗洗就好。

芦苇荡里可是好多鱼虾，每年夏天水浅了，阿南就跟随村里的伙伴来捉鱼摸虾。

那时，小龙虾到处是，最廉价的，才一元一斤。

在阿南的固化的意识里，粽叶必须用芦苇叶包裹，才有那股清香，才有记忆中的味道。

阿南前年夏天回老家。

聊天时说起好久没有吃到镇上的粽子了。

"你想吃啊？现在就有得买。"小妹夫说。

"啊，在哪里？"

"在老街电影院对面。"

妹夫推着摩托就要去。

阿南急说："我们一起去。"

很快就到了。

门口还有几扎新鲜的芦苇叶呢。

泥墙黑瓦的老房子。小时候，阿南跟着祖母在这条长街上挤来挤去，祖母紧紧拉着他的手，生怕他挤丢了。

一个瘦瘦的、高高的婆婆，清清爽爽地笑着迎上来：

"你们买粽子啊。"

桌上摆了一盆白花花的米，还有绿色的粽叶。

她认出小妹夫是小学老师，一开始还不肯收钱。

说孙子以前在代老师班上，代老师辛苦了。

阿婆 75 岁了，是和县人。

年轻时，是村里一朵花，嫁到滁河对岸的广平镇来。

现在孙子好几个了。她老两口，就在老房子里。儿子女儿给的钱花不掉。

但自己闲不住，做事做惯了。

早上还来回走了十里路，去滁河那边圩里摘了粽叶呢。

附近的粽叶都没有了。

她自豪地拿起两个粽子说："你看我包的粽子漂不漂亮！"

漂亮！真漂亮！

不大不小，不歪不斜。

阿南，用手机拍下了她拿着粽子自豪的少女般的笑靥。

阿南在广东，是买不到故乡粽子的。就是连全椒菜馆也没有见到。

安徽菜，小本小利，几乎没有贵菜。

有一次，在菜市场早餐店，阿南看到了粽子。

像邻家小女孩，这么多年一直没有长大，一下子就认出来。

赶紧七毛钱先买一个。

小心剥开，纯白的米，不添加任何的配料。

真是好吃。

原来是家乡含山仙踪镇的。工厂打工之余，夫妻俩在这里摆卖早点。

但过了一段时间，阿南再去，就不见他们了。

粽子是祭祀的产物，是纪念屈原，还是伍子胥？

有好多个版本。

粽子是工艺品，非心灵手巧不行。阿南却始终认为，祖母包的最是好看。

粽子包得好，就像人长得好、打扮得好，干干净净，不胖不瘦。

多少米，要看每一片粽叶的长短大小宽窄，要靠眼睛观察，手上增减。

祖母教妹妹们包，手把手分步骤分流程给阿南说。在祖母手上简简单单，轻轻松松。咋到了孩子们手上就变形了，包出来的粽子，歪歪斜斜，连米都漏了出来。

祖母笑着说，粽叶是粽子的裙子，米是粽子的肉。

肉露出来，多丑啊。

是啊是啊。

祖母还说，把粽子包得严严实实，也是为了不透气，让粽叶香不跑掉。这样可以煮熟了，挂起来，放更长时间。

阿南记得，高中时，端午节不能回家。父亲周末骑车，车把就挂满了粽子。晃晃悠悠，碰着车铃铛，一路响，一路香。

父亲把粽子取下来，挂在房子中间，像绿色的风铃，像几十个粽娃娃在玩杂技，比校园里的花还好看。阿南当早餐吃，不用咸菜，能放上十几天不变味呢。

去年过年前母亲说，你去市场买点粽叶，不要多，两把就行。

母亲前几次在番禺的菜市场见到粽子叶，就买了。还买了两斤糯米，包起了粽子。

阿南在广州市内的菜市场里找，终于找到了。

十元一斤，是晒干的粽叶，产地是广西的。

包里带着粽叶，阿南坐着高铁回到家。

外面下着鹅毛大雪，母亲在包着粽子，妹妹也在学。阿南，用手机摄像。这也是非物质文化遗产啊。

过年时，也吃起了粽子。

不一样的香味。

阿南耳边隐约想起南方的龙舟比赛的擂鼓声来……

文学的父亲

父亲曾在华东师范大学中文系就读，一直做语文老师。

他不仅教语文，也自己写。

他的论文《红楼梦里妙玉的爱情心理》，被导师作为范文在同学间传阅。多少年之后，我在细细拜读后，由衷喟叹，如果他不是为了家庭，若有更大进取心和毅力，继续钻研下去，一定在文学评论等方面更有建树。

每次回去，父亲第一时间给我推荐他认为好的文章。同时，把他自己刚写的、刚发表的作品，拿给我鉴赏。

今年中秋回去，他给了我一个手抄的本子，要我用手机拍下来。

我一边拍，一边感到弥足珍贵。

这些古体诗，最早的是 20 世纪 60 年代他读县中时，与同学唱和的。如今他已头发斑白，但读起这些诗，他的脸上马上有了一丝喝了酒的酡红。哦，这首诗，倒像一首情诗。少年情怀总是诗，即使在那个特殊的年代，男女同学间，也会萌发出革命年代的友谊和爱情。

50 多年，弹指间过去，父亲不知从哪里找到的。他有些叹息，还有很多，在一次次搬家中，都不见了。

能找到这些，有失而复得的感觉。

没有父亲的遗传和熏陶，我应该不会走上文学道路。

印象里，他并没有教我如何写作文。他从不买糖给我吃，每次从县城开会回来，他总是从包里拿出几本散发着油墨香味的书。文学的书，是他的。课外辅导书，是我的。他节衣缩食，微薄的工资里，最大的舍得是买书，最大的兴趣是看书。

他说，写作没有窍门。如果有窍门，就是三多，多看弓，多思考，多练笔！

我读大学后，他才允许我看他的所有藏书。而他不知道，初中高中的寒假、暑假，我已做贼一样，蚂蚁搬山一样，从他吊在高处的书里，抽取了好多本。

《今古奇观》，这本印象最深。

看完后，再偷偷塞进去。他应该知道，书被我动过了，只是没有拆穿过，只是提醒我把课本学好。

初中时每个周末，我们父子一起从学校赶回八里外的家里。

乡间的小路，春天的田野，万物生长。

他，指着刚刚发芽的柳树，说了上句：

轻歌杨柳绿。

我对：书声菜花黄。

他点点头，不断启发我观察生活，用文字精准去记录和表达。

不知不觉，走着说着，村庄就在眼前。

他鼓励我投稿，我的散文《春游琅琊山》获得华东六省一市征文比赛优秀奖，开启了我的文学梦。那时，我才初中二年级。

工作第二年，在广州这个陌生的城市，我在他的一封封家书的督导下，认真做好工作的同时勤奋写作，获得了市旦几个比赛的一等奖，25岁时获得了市文学奖。

那时没有手机，父亲把他的发表作品剪辑后寄给我，与我交流共赏。

前年，家乡县作协出版作品集，父亲与我的散文、小说双双入选。父亲的老同学们笑着说，上阵父子兵，父子作家啊。

我的第一本散文集《税月如许》的命名，也凝聚着父亲的心血，"如许"，既有诗意，又包涵更多。

有幸，这本书获得了第七届冰心散文奖。

故乡的文学脉动，父亲时时关注，中秋团聚时，喝了两杯醇酒，父亲的眉头舒展开来。

说起文学创作，他给我说了个故事。

前两年，一次作协创作座谈会上，一些年纪大的老同志为文学的发展和未来献言献策，踊跃发言，观点激烈。一位女领导，看着这些已是自己父辈年龄的老人，如此认真较真，突然说出一句："写作上，你们这么大年龄，难道你们还想成名成家？"

这话一说出来，台下就马上沸腾了。

一个老教师想了想，慢慢站起来不卑不亢地说：

"我们每一个热爱生命热爱写作的人，能成名成家的毕竟是少数。不管多大年纪，我们之所以写作，更多的是用文字表达心中的真情。正如习近平总书记所指引的，为人民书写，为梦想高歌，讴歌真善美，表达人民对美好生活的向往和追求！"

父亲说，还没讲完，整个会场就掌声雷动！

还有几个老同志，朝白发苍苍的老教师竖起了大拇指！

我好奇地问，那个作协领导呢？父亲夹了口菜，没有再说，举起杯子说："祝你文学更上一层楼！"

人到中年的我，听得也激情澎湃！

文人风骨，何其不易！

我要好好记住父亲的话：

"白天要好好读书，书里有你不知道的；夜晚要好好睡觉，梦里有你想要的。"

"行走山水，趁年轻能走动的时候。走不动的，就静心读写。

再年老写不动了，就通过这些文字回想一生。"

"只有文字，相依为命，两不背弃。"

"不仅是为哪一个特定的人而写，更是为无数未知的阅读者而写。不是为哪一个瞬间而写，而是为时代而书写……"

是的，我要克服惰性，与时间赛跑，不盲目跟风，也不妄自菲薄。我要结合我的特长和实际，努力写出"人人心口有，个个笔下无"的优秀作品。

有位出版家说过："我常常有这样激烈的偏见，文学是很难很难有所作为的。有李杜诗篇、唐诗宋词在，从此以后不再发表一首诗，也不会给我的精神世界带来多少缺憾；有曹雪芹的《红楼梦》在，一切新创作的小说，一律显得那样苍白，让人难以终卷；有鲁迅的杂文在，当今中国所有杂文的总和，也难以与之抗衡；有安徒生的童话在，所有新创童话都命里注定将黯然失色。有了金庸的武侠小说在，一切新出笼的武侠小说，似乎都不应该领到准生证……"

我们为何还要写作？

记得在鲁院时，邱院说过一个故事。

莫言获得诺贝尔文学奖后，他回到家中，百感交集。少年就成名的他，坐在书房，一天没有出来。在一座耸立的高峰面前的一点起伏波动被母亲发现了。

母亲鼓励他，大狗叫了，小狗也要叫。大狗小狗一起叫，才热闹。

我听到这个故事，既敬佩这位伟大智慧的母亲，已增加了写作的源源不竭的动力。

是啊，就像袁枚所说的，苔花米粒大，也作牡丹开。

更何况，文无第一，一枝独秀不是春，万紫千红总是春。

我们就是要在巨大的经典压力下愚公移山般地劳作。

我想起我与远在江汉油田的张兄的文字之约来。

我写故我在。是的，写作的意义，不仅在发表、获奖，更在写作之外。愿我们共勉。

这一年我有一个梦，属于东坡的梦。我去了东坡故里眉山。带了荔枝，去了东坡赤壁，敬献给东坡先生。而近在惠州的西湖，我也去拜谒了，还有他的朝云。

这一年是本命年。我加入了中国作协。而 2017 年，我更是入读鲁迅文学院，四个月。

这梦，从来不敢奢望过，却圆了。

父亲常常自豪地说，有人问大仲马："你最好的作品是什么？《基督山伯爵》吗？"

"当然不是！"大仲马哈哈一笑，"是小仲马。"

父亲在老同学面前，给予我的更多是鞭策和鼓励。

前两年，父亲还喝点酒后小玩怡情。

现在金盆洗手，笔耕不辍。

我也鼓励他，多写写故乡，多写写生活。

"不弄虚作假，不故弄玄虚，不虚情假意。"

他的笔下，是另外一个世界，是我所不能到达的故乡和时代。

我在心里暗许，啥时，给他出本作品集，在他有生之年。

我的书柜里，不能没有父亲的作品集。

乒乓球

乒乒乓乓。

以声音作为一项球类运动的名称，真是好玩。

乡村中学的学生课外的主要活动之一，就是打乒乓球。在 20 世纪 80 年代中期，在阿南的少年记忆里。

校园在乡政府的西北角不远处，走路要十分钟。

隔壁就是村庄。

有鸡鸣，有狗吠，有猫在土堆的半高园墙上蹲着，眼睛绿绿的。

两排校舍坐北朝南，一排三幢。第一排与第二排之间，是空地。

阿南，跟着父亲一起来到这个全县最西南的乡村初中。父亲做初三语文老师，阿南是初一学生。

父亲为了照顾家庭，主动申请到离家近的学校，学校走路回村里要一个小时。

阿南才十三四岁啊，正是天真活泼、贪玩的年纪。

没有电脑，没有游戏机，更没有手机。

玩啥啊。

好像有一个篮球架，木框的板已经烂了。

阿南，个子不高，力气不大，打篮球要抢来抢去，一不小心就碰个鼻青脸肿。

打了一次，阿南知难而退了。

父亲说，不能总是坐在那里看书。生命在于运动。身体好，才能学习好。

初一考试，阿南，一下子考了年级第一名。老师们都对阿南竖起大拇指。37 岁的父亲，很高兴。

不久后他从县城回来，从旅行包里掏出两个乒乓球拍来。来，这个奖励你。

做作业累了，就去跟同学们运动一下。

这是阿南的第一份私有财产了。小时候听评书，阿南就羡慕骑着白马、手握两杆银枪的少年将军。

长枪，没有，这两个球拍，挥舞起来，也非常带劲。

班上和隔壁班的同学，看到这鲜红的精致球拍，眼都直了。

他们望望自己手里自制的，简易木板块，顿时感到，乌鸦与凤凰的天壤之别。

乒乓球桌，是水泥的，露天的，不怕风吹雨打。

也没有球网。

不要紧，随便捡几块砖挡在中间就行。

阿南记得好像那时有两张球台。

不需要收费，不要预约，谁先到先得。

一下课，同桌的小好，就立马冲了出去，老师还在教室里没走呢。

去干吗？

拉肚子啊？

不是，是占位子。

阿南，举起新球拍，在好几个男生簇拥下，来到小好占的球台。

"你们两边排好队，只打三分，谁先到三，谁就赢，就继续在台上，可以继续打。"

"输的，不要赖，自觉下去。到后面排队。"

阿南，发号施令，定下这个打球规矩。

他，比赛时，也没有特权。也要排队，也要拼杀。

都没有专业老师，都是自学成才，动作规范不规范，谁管它？

上英语课，余老师正在黑板上用粉笔写着英语单词呢。

同桌的小好，已经迫不及待了。

他的手伸到了阿南的桌肚子里。

让我看看球拍，下课，我们两个先打。

他的眼睛紧盯着球拍，将一只抽出来。

乒，乒，乓，乓。

坏了，乒乓球，被抽出来了。滚到地上了！

同学们视线一下子从讲台转到地下，顺着球滚动的几十双眼睛都转动着。

余老师，转过身。那乒乓球，跳了几跳，跳到了讲台边，正好就在余老师脚下。

"谁的球？"

"今天体育课吗？"

余老师，平时很少笑脸，这时更加让人害怕了。

小好，不敢直视老师，赶紧低下头。

阿南，站起来说："球是我的。"

余老师，就住在阿南家隔壁。

对阿南成绩挺满意。

阿南，以为没啥事。

谁知余老师，大声说："把球捡起来。"

"到门口站着！"

阿南很听话，手握住球，站在门口。

余老师，之后再没说话，直到下课。

阿南，以后把球放到书包最里面。

他与小好，上课再也没有拿球拍，交头接耳了。

余老师，后来单独跟阿南说："上课要有上课样子，要安心听讲。下课，再玩不迟。但不能心不在焉，做小动作。"

阿南连连点头。这样，影响自己，也影响别人。

阿南有一次就非常郁闷。好多人排队，轮到自己上场。阿南，发了一个长球，谁知擂台主小好早有准备，一拍扣杀。

阿南，连球边都没有碰到。

阿南看小好站在右手边洋洋得意呢，再发一个反手位偷袭球，谁知小好也早有准备，轻轻一削，一条对角线，反而推到了阿南的反手。

"偷鸡不成，蚀把米啊。"

同学们在旁边笑道。

阿南那个气啊。再发一个短球，这回，小好没接好，接得太高了。

阿南没想到这么高，一发力，球是打过去，却出界了！

0 比 3！

"下去，到我了！"

后面的大兵急急地推推阿南。

阿南突然把球拍一收，把球也攥起来。

"不打了，不打了！"

还没上课呢。

"为何不打了。"大兵、小好等都对他说。

阿南，却不管，跑到小好旁边，把球拍用力一拽，拿起球拍就回教室。

弄得同学们一愣一愣的。

好几天，父亲看阿南都没有去打球。

觉得奇怪。

"为何不跟同学打球了啊。"

阿南不知咋样说。

父亲说："我听说了，你是打不过人家，就不打了。"

他摸摸阿南的头。

打球，总有输赢。

没有谁一直是擂主。

要想当擂主，必须要苦练功夫提高技术才行。

大家定好了规矩，就要个个遵守，一视同仁。

没有谁能例外。

阿南知道自己错了，知道自己的球技还需要明显提高。

父亲，很快又买来了一本乒乓球教学的书。

"人生能有几回搏，此时不搏更待何时！"这是我国首位乒乓球世界冠军容国团的名言，激励了一代又一代的中国运动员，也激励一代又一代的中国的热血青年。父亲把书递给阿南。

读书也像打乒乓球一样，认真打好每一板，用心上好每一节课！

阿南一一记在心里。

阿南前几年，开着车回乡下。他带着父亲和母亲，想看看几十年没有去过的那所初中。

乡间的泥土路铺上了水泥。

那时骑自行车骑不上的那个坡被雨水冲平了。

初中早已搬离了。这里变成了一个养鸡场。

小石子路还在。冬青树没有了。

乒乓球桌呢？

也没有了。

一条黑狗蹿了出来。

"小黑，别咬！"

一对中年夫妇走了出来。

"于老师！"他们齐齐喊了出来。

阿南父亲把眼镜拿下来，擦了又擦，说："你们是？"

他们有些害羞："是您的学生啊。跟阿南是同学啊。"

同学。阿南高中后就没有来过了。

这不是小好吗？一直没有再联系过的小好啊！

已经 30 多年了。

小好指着西边的养鸡棚说："阿南，你还记得吗，那个位置就是我们打乒乓球的。"

阿南的眼睛不知不觉有些潮湿，有些模糊了……

那片红枫

冬至之后第二日，南方的天气也抵抗不了自然的规律，也给了二十四节气一个颜面，开始些许降温了。

我坐在大巴车的最后，准备周日的徒步。

这是我的第二次徒步。

车上欢声笑语。

满满的一车人，但环顾左右前后，几乎都是大妈大叔。原来是退休休闲徒步团啊。

他们，热情似火，说个不停，唱个不停，笑个不停。幸福的晚年啊。

"山上的枫叶红了。"领队小伙的话一出，大家就欢呼起来。他随后的一句话，又让大家马上笑不起来：

"红了，但是大多枯落了。"

我边听，边构思《缅怀》，这篇文章明天就要交稿了。

枫？凋落了？

王枫的名字，一下子，闪进脑海！

王枫烈士生于1918年，牺牲于1942年，湖北省沙市人。直到写下此文，才清楚烈士是沙市人。而沙市，我读大学时是全国闻名的日用化工城市。

沙市位于湖北省中南部，原为湖北省省辖市，现为荆州市中心城区。历史悠久，已有三千多年的人文历史，自古就是"三楚名镇",附近有历经 20 个楚王、定都长达 411 年的楚都纪南古城。

当年中央电视台的一句广告词"活力 28、沙市日化",一下子让湖北的沙市闻名全国。1895 年,清政府和日本签订了不平等的《马关条约》。位于长江边的湖北沙市和重庆、苏州、杭州一同正式开埠。1996 年 11 月 20 日,国务院批准将荆沙市更名为荆州市。

军东兄,现工作于荆州潜山,与沙市区为邻。籍贯安徽含山,与我的故乡全椒相依。

王枫烈士于 1936 年参加革命,同年入党。王枫任中共全椒县委书记兼县总队政委。县委驻地周家岗,为淮南津浦路西抗日反顽的前沿阵地,处于敌伪顽三面包围之中,斗争相当激烈。全椒是藕塘的屏障,坚持了全椒的前哨阵地,就是保护以藕塘为中心的淮南津浦路西抗日根据地。因此,他带领广大干部战士,既要对付日寇的"扫荡",又要防止顽固派的突然袭击。白天翻山越岭查敌情、剿土匪,夜晚和战士们滚草单、睡地铺。为了革命事业,王枫同志长期过着艰苦的生活,从不考虑个人的一切。那时他已结婚,但因工作需要而长期分居。当同志们提起他个人生活时,他回答说:"鬼子不打走,哪来的家啊!"

1941 年夏,根据情报获悉,国民党反动派不久将向我路西根据地进犯。上级指示,要全椒县委做好充分准备,如敌人力量强大,可分别退守石沛、孤山两地坚持游击战争。王枫同志亲自到孤山察看地形,做好人员、组织和军事力量的安排,带领县委机关、区乡干部坚持游击,与敌伪顽周旋,牵制了敌人向我藕塘中心根据地进犯的兵力,为保卫中心根据地做出了重要贡献。

1941 年底,在皖江地区活动的新四军七师,在敌伪顽严密封锁下,孤悬于皖江地区,与新四军二师和军部中间相隔一条一二百里宽的狭长地带。为了沟通新四军二师、七师和军部之间的联系，华中局要求路西地委负责开辟从二师到七师的交通线。地委书记黄岩指示全椒县委书记王枫和宣传部部长胡克诚完成这项任务。王枫接受任务后，选派了几个同志，化装成农民，从石沛桥开始，到大韩村，经过敌伪顽的结合部武家岗、赤镇附近的小罗村渡过滁河，又经杨石巷、高皇庙、石村庙、西埠、娘娘庙到达含山县的陶厂，再到无为严家桥的新四军七师师部。这条路线经同志们来回反复地走了几趟，把情况摸熟后向上级汇报。地委指示王枫和胡克诚同志带一支少而精的武装，又命新四军二师四旅侦察队长率领一个加强排帮助完成最后的勘实任务。

1942年2月27日，王枫、胡克诚与四旅侦察队长约定在大韩村集合，由于四旅加强排途中两次与敌人遭遇，延误了时间，到大韩村已是当晚12点钟了。当王枫他们到达小罗村滁河边时，东方欲晓，原在那里接应渡河的船已经撤走。他们只好借用农民的一只大木盆渡河，木盆因干裂漏水，就用木勺子舀。王枫指挥同志们登盆，前几盆都已经安全渡过，最后王枫、胡克诚及摆渡农民一盆6人，由于负荷过重，渗水太多，木盆翻沉。经过同志们奋力抢救，有5人被救上岸，唯有王枫同志不会泅水，加之身穿皮夹克，佩带的手枪、子弹过重，沉入水底。同志们虽多次潜水抢救，始终未能找到。这时天已大亮，滁河岸上的敌伪炮楼已发现并鸣枪，同志们含着悲痛离开了滁河。开辟交通线的任务完成了，而王枫同志却献出了宝贵而年轻的生命，年仅24岁。

第二天夜里，王枫同志的警卫员在滁河边找到了他的遗体。在乡亲们的帮助下，将其掩埋在滁河坪堤下，并做了标志。

2013年10月，县人大常委会原主任秦德巨和县档案局相关负责人前往武岗镇，调查考证历史上王枫烈士牺牲的地方。通过走访当地村民，查看小罗渡口，考察当年王枫渡河的路线。

交通线的建立，使活动在皖江地区的新四军七师和二师、军部取得了密切的联系，保证了通讯联络、物资运输和部队的往返调动，以及华中局、七师重要领导人曾山、曾希圣、傅秋涛等同志往返的安全，加强了淮南、皖江抗日根据地密切联系，为开辟、发展华中敌后抗日根据地起到了重要作用。

1955 年，王枫同志当年的警卫员返全，带领全椒县人民政府民政干部，将王枫烈士忠骨捡出，装入棺盒，以隆重的仪式在全椒南屏山笔峰尖下奠立了王枫烈士墓，铭刻了碑文。在墓前建立了王枫烈士纪念亭，供全椒人民永远凭吊。

南屏山有古全椒八景之中的两景：笔峰毓秀与南岳晴霄。山中古木参天，禽鸟幽鸣，四时野花纷呈。笔峰尖为南屏山最高峰。古人重视风水地理，以覆釜山为县城的祖山，以南屏山为朝山，并在南屏山上构峰为笔案山，以助文脉。笔案山被文人称之为"笔峰"。

高考那年，夏天炎热，我与春来同学，到县城南边的南屏山小树林里乘凉，一山寂静，只有知了叫个不停。第二天就要高考了，两颗忐忑的心在此放松，凉风阵阵。不远处，就是王枫烈士墓。我们从乡下中学赶考的，第一次到县城来，对着革命先烈鞠躬追思。如今，南屏山国家森林公园，游人如织。四周高楼矗立，公园已被现代化紧紧拥抱。

为缅怀先烈，继承先烈的革命遗志，每年家乡的父老乡亲和学生都来到南屏山祭扫王枫烈士墓，重温那战火纷飞的岁月，接受革命传统教育。

我的家乡全椒县刚获评全国千年文化古县，安徽省只有两个古县获此殊荣。全椒素有"江淮背腹、吴楚冲衢"之称，是古代吴楚两地的交通要道。汉代有刘平太平官，明代有憨山大师《醒世歌》，清代有吴敬梓的《儒林外史》，如今有中国十大最美乡村——黄栗树风情小镇。

改革开放成就了我的家乡全椒县质的飞跃，改革开放四十年来，家乡日新月异。

京沪高铁、沪汉蓉高铁、合宁高速、马滁扬高速等便捷的交通网络四通八达。10 年前，高铁来到了家门口，坐着高铁，不用转车，7 个小时就可以来到广州南站。全面融入南京都市圈的发展方向，受宁滁一体化发展的影响，家乡正不断享受着城市级资源带来的巨大发展能量。宜居、宜业将会逐步成为全椒的代名词，产城人文融合的繁华地块的影响力正日益凸显。作为国家级稻渔综合种养示范区，家乡创建的稻田综合种养的"全椒模式"得到越来越广泛的认可，全县稻虾连作生态种养产业不断壮大，稻虾产业产值十多亿元。一大批农民走上致富道路，在乡村振兴中走出了一条特色路。

革命道路历经坎坷，革命成功来之不易。珍惜这来之不易的幸福生活，就是继承王枫烈士的革命意志，把千年古县建设得更加美丽。

写到这里，突然想起，今年是王枫烈士 100 周年诞辰。

下次回去，我要到烈士墓和周岗烈士陵园，向革命英烈献上鲜花，表达一个全椒游子，对来自湖北大地革命前辈的深深敬仰之情。

走在田埂上

尽管离开农村多年，住到了城里，骨子里还有乡村味，根须还有一块深深地扎在乡土里。

有时在外地旅行或在羊城郊外，天上一朵白云，地下一片秋霜，都能一下子把我的思绪扯回故乡。

在《田野》一诗中，诗人田禾曾深情地写道："我想到田野间割回一生的谷子，娶一个江南女子，在比田野更深邃的山里，临水观云，结庐隐居。"

田野里有土地，有小溪，有杂草野花，有小动物们。

清朝诗人罗国俊写得好：

密雨阴浓白鸟飞，水田一片绕柴扉。

何人识得湖中乐，稻花飘香鱼正肥。

这个中秋节，我想念着故乡的月饼故乡的菱角，坐着长途大巴，赶回家乡，与亲人们一起赏月团圆。

外甥涛涛，也从火箭军部队退伍回来，成了一名大学生。

两年的部队熔炉锻炼，皮肤虽然黑了，但小伙更结实了，更懂事成熟了。

我们一起去我出生的村庄，也是他从小长大的地方。

车停在路边，我们提着纸钱，给田间岗垄上的祖父母上坟，涛涛小时称我祖母作老太。祖父 1991 年去世，他还没有出生。祖母去世时，涛涛也才 9 岁。

我们穿过黄豆田，野草长满了田埂，分不清哪里是路。

黄豆，还没有变黄，叶子下面，挤满了绿色的饱满的豆荚。

小时最喜欢吃祖母蒸的大青豆了，一颗颗豆子，还有包衣呢。

祖母说，包衣，有营养，鲜呢。放在饭锅里蒸，不用任何油料，只需一点酱油伴着，那个鲜美可口啊。

他们的坟，就在田边，自留地里。从这里可以望见我家的老屋，那是他们一手一脚、面朝黄土背朝天、从泥土里淘金盖起来的瓦屋。

我每次回来，只要来得及，都要来上坟。作为一个游子，常年在外，上坟时间是不受限制的，回家，就要拜拜他们，见见他们。

他们地下有灵，一直保佑着独自流浪在外的孙儿。

涛涛，也两年没有回来了。

他这两年，经受磨练，增长见识，他的老太，也会觉得欣慰的。墓碑上也有重外孙涛涛的名字。

我们跪下，磕三个头。喊一声，我的永远不能再见到的亲人。

中秋节了，我们来烧点钱给你们。买点喜欢吃的。也抹抹纸牌。

祖母在世常说，儿子烧的只是银钱，孙子烧的才是金钱。在我们去上坟前总是叮嘱，要烧点钱给那些没有后代的孤魂野鬼。他们也可怜。烧时要说声，你们不要抢，一起分分。

坟头的野草萋萋，白杨柳的叶子被风吹得哗哗响。

我跟涛涛说，就在这里，下面的池塘边，那时你才三岁，你妈还抱着你，照相呢。他说不记得了。

不记得，不要紧，照片还在呢。

我站在坟头，看着老屋上空那株高耸入云的琅琊榆树。

几只喜鹊在飞来飞去。

那棵树上有它们的鸟巢和张嘴等待哺育喂食的孩子们……

国庆前，高中同学问回故乡吗？因为要去贵州扶贫采风，不能回去。她在手机里发来了家乡的田野里秋天的景物。依然是那么熟悉，那么亲切。不太写诗的她，也情不自禁，写下来画面感很强的小诗：

国庆故乡游

柿子挂在高高的枝头

诱人的红薯一串一串地生长

池塘里长满了绿油油的浮萍

硕大的鸡冠花盛开怒放

鲜红的美人蕉争奇斗艳

碧绿的翠竹也不甘示弱

金黄沉甸甸的稻谷丰收在望

一片欣欣向荣的喜悦景象

故乡的田野，在她的笔下，在我们的童年少年，在我们的心里。永远不变，永远草木茂盛，春种秋收……

天南地北安徽人

高中毕业前，我都在安徽全椒县读书生活，两耳不闻窗外事，一心只读圣贤书。最远是去过南京和滁州，直到大学到江城武汉读大学。

大学里都是同学，来到了陌生的城市，如何体现不同？

甫入校门，就有高一届、高二届的大师兄们过来看望了。当然，他们对来自安徽的小师妹们更加热情积极。

我们跟在后面玩，好奇、懵懂、迷迷糊糊。

本校的，一个省的，先一个大会，然后分地区，再分县。

我们那所大学，那些年一年在安徽招生也不超过 15 个人。

物以稀为贵。四届老乡，加在一起也才 40 人左右。

几次饭局之后，喝了几瓶啤酒或者一滴香白酒之后，我们就师兄师弟师姐师妹叫得自然了。

肥水不流外人田。很快，小师妹们纷纷被师兄们一一瓜分牵走，亲上加亲，成为更亲密的老乡。

大一的我们二十不到，乳臭方干，才读大学，觉得大学好玩着呢，即使有一点儿羡慕，也不懂儿女的风情。大家呼朋引伴，成群结队，周末就聚在一起。

谁请客的？

家里条件好的师兄吧？他们在可爱的小师妹面前，是慷慨解囊，无比大方的。当然，一旦追求成功，我们再想见到师兄，那是非常的难，更别提请客了。

我就读的大学在武昌洪山区的东南郊，跟武昌县交界了。

30 年前，四周除了南湖，就是农田。

周末，我们最喜欢去市里找老乡。

老乡，在哪里？在武汉各大高校里。

如何认识他们？一届一届的介绍、联系、传承。

距离产生美。

本校的饭堂，吃得厌了，大家都想试试其他学校的味道。

互相之间，第一谈的就是哪家学校饭堂最便宜，最好吃。

那时，物质不丰富，民以食为天，吃饱肚子，是第一需求。

相约一起，坐公交去。

大学四年，估计我去了有二十几所大学。那些老乡，他们毕业后，天南地北，八仙过海，大多杳无音信。那时，为数不多的照片，是最好的追忆。

59 路公交车，只有这一路，一小时一班，从茶山刘到民族学院（现在是民族大学）到鲁巷，然后再转，去汉口，去汉阳。

20 分钟到鲁巷，至少有政院、民院、纺院三大高校，还有几个中专学校。短短的 59 路，常常是鱼罐车，塞得满满的。

去民院，我们一般走路去，跨过小溪，经过河畔的一丛丛水杉，就看见绿色的琉璃瓦，那是图书馆。民族学院，少数民族多，各色各样的菜式。

但毕竟距离太近了，而且少数民族的安徽人也不多。我们更多去对面的纺院。

那里的男老乡，热情豪爽。也许他们对着学校里都是模特的女同学机会比较多。那时，据说学校下午一下课，就有好些车辆停在教学楼下了。

他们在举起杯时，会说不少精彩的故事，我们常常听得张大了嘴。

干！干！干！就在餐桌上，做主人的，用饭票菜票，买来堆放在桌上。夏天，冰冻啤酒，不可少，特别是在火炉城市武汉。

行吟阁啤酒便宜些，8 毛一瓶。中德啤酒，麦芽度高，好喝，要 1 元。后来，中德啤酒，没有了，至今还怀念它。

去过武汉大学，学校太大了，老乡情结就淡些。也许他们更用功学习，没有时间和精力应酬。

也去汉口，那可是要倒几趟车船，花上半天时间，才能正好在中午赶到的。反正是星期天，有的是时间。

找老乡，大致的流程是参观校园，参观宿舍，参观图书馆，教学楼，难得有相机的就合影拍几张，然后就是最后景点——食堂。

每个食堂都有自己特色，老乡第一时间推荐。学校有几个老乡接待的，就各自分担。都是穷学生，也不计较，不纠缠。吃饱，喝足，这个问题不大。也控制酒量，似乎也不见谁喝醉过，因为吃完饭，就要马上告别，还有漫漫长路要赶呢。

我们在造访后都会邀请他们回访，当面说好，就不能改了。那时电话少，没有手机，更没有微信。即使在一个城市，我们联系的工具主要是写信，再不就是直接上门。

到我们学校的老乡，可不仅仅为了吃。我们必须要招待一个经典节目。

猜猜，啥？

饭后看一场录像。

学校后面，原来修收音机的本村大哥，趁改革开放，买来了录像机，赚的钱，比修收音机多得多。

录像，是别的地方看不到的港台片。谁看谁知道。

那个年代，老乡评选最好玩的学校，当仁不让，是我门学校。

录像，功不可没。

当然，这都是男老乡的欢乐。女老乡，一般是去武大看看樱花，吃吃饭，谈谈情，说说爱。

想想，大学四年，几乎每个周末，都在会老乡的路上。

老乡之间，聊天，喝酒，为赋新词强说愁，都是青涩年华不可忘记的重要部分啊。

甚至比课堂上的课都精彩难忘。

功夫在诗外，也在老乡之间啊。

汉口军事经济学院，在古田路，我们也赶过去。感受军营里不一样的伙食，当代最可爱人不一样的象牙塔生活。

一个师妹跟着，坐聊了许久，我还问她去不去洗手间，并和她一起找了大半个校园。多年之后，她还记得。

为了充分利用学生票可以打五折的红利，我还曾经从滁州，与几个师弟师妹，一起约好，坐绿皮火车。刚过年，那时的人多得，连车上的洗手间也蹲满了人。

十几个小时，站着，哪里有洗手间去啊。往事不堪回首。

第二年，她们再也不坐火车，改坐轮船了。虽然，要贵一倍价钱，多出 25 元。

平兄，是安徽池州的老乡。

我常常晚饭后，与他一起到校园后面的田野上散步，野花芬芳，蝴蝶双双。我们喜欢这田野上的气息，在想家的时候。

他英语好，学习用功，很快就过了六级。我们谈各自喜欢的女孩，谈彼此的胆怯与慌张。

他写的情书，让我提提意见。啊，情书，这份火热的真诚的文字，谁收到了，如今还有珍藏吗？

平兄，南下深圳，从基层做起，以超群的能力和肯干，深深地把根扎下。

十多年前，他带着可爱的女儿美丽的妻子，憨厚的岳父，驱车来广州看我。

我和他，酒后，一起去莲花山。

我们一起爬上人迹罕至的采石遗址祈福。我们都是漂泊的游子啊。

前年，我和另一个老乡，有事到深圳，他热情张罗，慷慨请客。千方百计，一个个电话联系朋友。

他是农民的儿子。即使在最喧闹的改革开放前沿，他说还记得长江边那个山村，还常常梦回校园。

大学时，为他的"我需要钱，但不爱钱"这句话我们还争论得面红耳赤。如今，大致可以一笑而过了。

武汉工作的杨，母亲还记得他，叫他小杨。妹妹还记得，那年，他与我一起从武汉回家，带来了一条好大的咸鱼，武汉多湖，鱼多。

大冬天，酒醉的他与我睡在我家的老屋里，北风呼啸，雪花飘飘。

前年春节，他微信里联系我，过年来到全椒，拜年。两瓶老酒，他说珍藏了多年。

他的闺女，也就读我们那所大学。叫我叔叔。

明眸皓齿，亭亭玉立。买来烟花，我们在雪地里燃放。

恍惚间，好像是三十年前，我们一起入读大学的那个小老乡，女同学……

南屏山早晨

本想早点起来，又迟了点，太阳已经升起来了。南屏山公园的东区就在咫尺之遥，忍不住，又一次进去看看。

草就在脚下，叫不出名字。

想起小时候放鹅的时候，夏天早上时嫩嫩的草都有露水，鹅儿最喜欢吃有露水的草。太阳刚出来，还仍然没有蒸发完，每一株上面闪耀着一颗晶莹剔透的小钻石。

半山的亭子里有人吹起了萨克斯，这是什么歌曲？绿道弯弯，公园东边的路是今年刚修好的，算是公园的扩大版、升级版或者是南屏山公园 2.0 版了。

又听到了远处林子里布谷咕咕的叫声，一声、两声。近处这边也有，互相唱和着，一声、两声。

路旁新种了不少银杏树，银杏树的叶子一半有黄色，但是很奇怪的，不见银杏树上的果，这跟上海的校园里的银杏又有所不同。也许这银杏树是刚刚移植的，还要适应这里的泥土。不像一个游子，对这块土地离开再远再久，随时归来，都能够第一时间融入，没有一丝隔膜。

路边的草丛里开着一朵紫色的牵牛花，牵牛花有白色的粉色的，这个紫色的比较少见。牵牛花我小时候叫作打碗花，不能轻易动。动了它，吃饭时小孩子啊，就很容易把碗打烂。这是为什么呢？小时候问，到现在，似乎也没弄个明白。

走到亭子里看看，原来是一个大叔在吹奏。支架上撑着个乐谱，原来是《桥边姑娘》，这是最近流行的新歌呢。

有不少的行人牵着小狗，狗也最喜欢早起散步。女人牵着的是宠物狗，娇小可爱。而本地的小土狗则高大得多，跟在主人后面，时不时欢快地跑到前面草丛里，这里嗅嗅，那里闻闻。

一个大叔坐在台阶上，黑狗趴在旁边。那狗眼巴巴地，充满着亲人样的真诚，看着陌生的我。它也好像成为我家的狗了，多年之后，陪伴我的小黑狗会是啥样子呢？

在转弯的地方，还听到蟋蟀的低吟，还有其他小虫子的声音。

一个半圆形的池塘明晃晃在眼前。这个池塘应该是在小池塘的基础上进行了扩大和挖掘。池塘中间有一只水鸟，用广东的称呼应该叫水鸡，它的头顶是红色的，独自在水中间，不知疲倦地忙碌着。

它把头一下子钻到水里面，然后不见了，一圈圈的涟漪荡开来，散开了去。突然从另外一个地方钻了出来，抬头望望，它又钻了进去。又产生新的涟漪，一圈圈荡漾开来。

哎呀，错了错了，怎么水面上有两只小鸟啊？突然间又多出了第三只了，那两只都不见了。一只小鱼跳了起来，也荡起了涟漪。到底池塘有几只这样的水鸟啊？

鱼不见了，水鸟不见了，水面暂时的平静。但很快，它们又冒了出来，又钻了出来，它们在各自的范围不断地游走，不断地画圆。

池塘倒映着岸边的景物，高处的是白杨，然后是柳树，更近池边的是芦苇，还有几片叶子圆圆地贴着水面。这里居然有鸡头果的叶子，水面清圆，却不是荷叶，荷叶是高出水面的。

有很长时间水面不见一只小鸟，它们很快又跑到了更远的地方去，原来它们的潜水能力这么强。它们屏住呼吸，在水里游走。

在水里是怎么样捉鱼的呢？真的不知道哦。

整个池塘像一面巨大镜子，在早晨的阳光下倒映着南屏山的四季风景。在池塘的上空，还有几朵白云，静止不动，似乎也为这里的景色驻足。上面还有一大轮月亮，今天已是农历十九了，但月亮还是大半圆。

我站在池塘边，倒影打在水草上。整个人也融入了这个画面之中，成为了自然的一部分。

走到塘埂边上，发现鞋被露水打湿了，多年没有与故乡的露水亲密接触了。小时候穿着凉鞋和赤着脚，露水是那么的清凉。

身边有人跑步，新的一天开始生动起来。阳光升起来了，万道光芒从东方带着温暖，沐浴这秋后的故乡的小园林。

这秋后的小园，安静充满着生机，萨克斯也继续吹起来了，是首新的欢快乐曲。

南屏山，位于县城南边，原来是天然屏障。如今，已是山在城中，楼把山抱在怀里。这几年，建设成了免费的市民公园。有一半的现代，一半的原始；一半的山林，一般的田园；一半的繁华，一半的宁静。

一个白发苍苍的大叔，拿着一个收音机，边听边唱。原来唱的是庐剧。还有一个大叔挂着两个拐杖来来回回地从坡下到坡上，汗珠在脸上流淌。他艰难地向上攀登着，他在努力恢复自己受伤的肢体。

许是在繁华中太久了，许是岁月更替，所以更喜欢这宁静的乡土。我愿意天天看到这些精灵的小鸟，看到这些绿色的芦苇，看到这些飘逸的垂柳，看到水面的鱼儿，听听这里的动听的虫鸣。但我知道这需要再等待，再等待一些时光。

相看两不厌，也有南屏山。所以要有好的身体，好的憧憬，来和它们更久地相处，来共度未来的日出日落的时光。

湖畔的夕阳

　　落日熔金。达园的湖畔，夕阳一点点西沉，文峰塔就在它的旁边，可惜有两座发射塔，高高耸立，有点煞风景。天空中一只鸟张开翅膀飞过，它要飞回巢里，飞回亲人的身边吗？

　　天光云影共徘徊，一只水鸟像一支犁滑过水面，一个 V 字形在湖面上划开。

　　这只水鸟跟白天的南屏山公园的那几只一样，开始觅食，在湖面上一点点动作就把落日余晖荡漾开来。

　　岸边的芦苇遮挡住了一些湖面的波光，远处的全中校园传来了琅琅的书声，晚自习已经开始。同学们从四面八方早早汇聚而来，又要开始挑灯夜战。

　　六点左右，落日沉下，天空的白云很快就被染成黄色金色，在瞬间，点燃一切。

　　散步的行人忍不住也停下了脚步，纷纷掏出手中的手机，定格这美好的夕阳和湖畔的风景。

　　远处传来音乐声，广场上的老人是不是又准备开始广场舞了？

　　岸边的垂柳垂下万丝绦，荷叶在芦苇的旁边，它们互相争着地盘。记得上一次回来，荷叶满满的在岸边，这次荷叶已经被芦苇挤到水的更深处。

　　太阳落下去了，旁边的云也被染色。坐在湖边栏杆上，看着水面的菱角。野生的菱角，开着白花，芦苇茂盛，都可以作为很好的照相的前景。

这个湖原来是在一个小塘的基础上，再进行扩大挖掘。这是在县城中间的一个湖，虽然是人工挖的，但在高楼的掩映下，仍然充满了大自然的无尽的生趣。

周边的行人每天在湖边散步，这里也是可以写上很好的一篇《荷塘月色》。清华园的荷塘我也去过，远远没有这里的荷塘大，而且清华园的荷塘也没有这么多的野趣，也没有这么多清新和自然。不然，朱自清怎会想起江南，想起采莲南塘秋，莲花过人头？

一个小妹妹走过来，欢快地指着湖里的小鱼，小鱼跳起来，不远处大鱼也跟着跳起来。

湖水清洁如一面大镜子。城里的人多是从乡下新搬过来，他们对这块公园在慢慢地熟悉和热爱。在乡下没有散步的习惯，都是在田埂上劳作。现在到城里来，基本没什么农活可干，他们更多的是早上和晚上绕着湖边行走。在这里，除了高楼大厦，他们会遇见乡下的所有生命。它们也是，一起跟着来到这里的吗？

湖里还有些鸡头果，野生的。应该没有人刻意种植。估计是鸟儿衔的果落到了河面，或者是拉下的排泄，粪便沉到了湖里。然后在异地生根发芽开花结果。

在这湖边坐下来也是很好的，感受闹市的宁静。年逾古稀的母亲说，如果不是天热，也是在早上或晚上，来湖边走走，与不认识的年纪差不多大的老姐老妹们叨叨经，说说家长里短。

相机拍下来，把它定格在手机里，留在游子的梦里。故乡的云，在天空燃烧，也在游子的心头燃烧。

湖四周已经被政府打造成一个法治宣传公园，又进行了重新添置，比如民法典的宣传栏，环湖的路砖也有一些有关法律的谜语。身边处处都是法，全面依法治国，有了法治和道德，大家才能在这个新的环境之下，和谐共处，共同期待和创造美好的生活。

城里的湖让我想起了40年前的童年，那时候的故乡。村子在离这里30里路远的地方，也有小池塘，也有菱角。我们那时夏天偷偷地约上几个伙伴，跳入池塘里，潜水捉鱼。祖母，担心得不行，早早赶到村前，一声声呼唤，伢子快上来。

现在那些池塘已经基本找不回原貌了，或者被推成农田，或者被变成大塘。那时的田埂也在模糊的记忆中，可惜那时没有一张照片，也没有相机可以定格。

我坐在栏杆上，看到圆圆的鸡头果的叶子上有几根烟头，心里顿然有些作呕。这样的不文明的行为，扔下的烟头破坏了整体的美感。如果这样，日积月累下去，湖面也会变成肮脏的池塘，心里不由隐忧起来。

更远处菱角的叶子上还飘着几支空的矿泉水瓶、可乐瓶，更加增加了自己心里的不安。湖面的清洁，整体的环境需要每一个人都来维护，都来自律，都来遵守，都来保护啊。

希望城里的行人能够善待湖里的每一个动物，这里的水鸟，这里的青蛙，这里的鱼儿；善待这里的每一棵植物，荷花、菱角、鸡头果、柳树、芦苇。

把相机调到鲜艳的这个功能，拍夕阳最后一抹红。火烧云层次分明，梦幻魔幻的色彩，这种色彩好像去到一个洪荒的宇宙的感觉。大自然是如此的神奇，其实每一天都在身边，需要我们静心地去观察和凝望。

这火烧云是仰起头从高空鸟瞰下去的，放大来看，像一个一个岛屿湖泊，被点燃的湖泊，天空的湖泊，天空的岛屿。

有几只小燕子飞过来了，在湖面上开始飞动，轻盈地飞动，一只，两只，三只。

太阳落下去了，变成另一个地方的朝阳。

天暗起来了，我们该回去吃晚饭了。拜拜，美丽的湖，从此给它命一个什么名字呢？叫什么呢？

下次千里归来，我该想个名字，给它一个小名或昵称……

身边的田园

　　周末，春的时节。阳光一大早洒到房子里，金子一样闪耀着，像在召唤屋里的人出去走走。不需跟团，不需远行，就去身边不远的田园。归园田居，归去来兮，万物自然生长。就在信步而行的身边，就在随缘相遇的镜头里，就在香蕉树下的静静聆听里……

　　沿着两边长满香蕉的乡间小路，轻快地走在田埂上。水渠里的水泛着光，淙淙流淌。

　　甘蔗林亭亭玉立，整整齐齐，像田园里的战团，笔直地站着。黝黑的茎干你挨我我挨你，保持着等距离，在阳光下等待春天的检阅。绿色的叶子在头顶，遮盖风雨。村民用竹竿把它们肩并肩连在一起。站直了，一个都不能趴下啊，再大的风也不怕。上次见它们还要低头，冬天虽然冷了些，过年时它们也不忘长个儿。阳光打在它们身上，健康的肌肤。看了倍壮实，倍精干。它们现在在一起，很快却将面临分离。收获季节即将到来，它们将被运往各地，或者被榨成街边甘甜的饮料，或者成为手中咬啃的汁水。

　　浅浅的沟渠里有野生田螺，鸭子在小沟里捉鱼摸虾，嘎嘎地叫。田头一个小窝棚里，一只黑狗忠实履行职责，吠叫几声，提醒外来的人，这是有主的财产。几只小花猫嬉戏累了，悠闲地躺在蔗田的独木桥上晒太阳，眯着眼睛。

　　再走几步，花菜们一棵棵跃然眼前。旁边有薄膜覆盖的温室。里面种着幼苗，气温还有些变化，保温不可少。番茄架上的果已经收摘差不多，还有几个挂在藤架上，舍不得走。旁边的豆角已经种下，很快发芽，马上接力生长。有香茅成片种植的，扯一片叶嗅嗅，香气沁人心脾。豌豆花有白色和紫色的，开在一起像一个个小精灵，飘飘欲飞。洋葱也开花，圆圆的绣球，素面朝天，自有自的春天。蜜蜂在辛勤地采蜜，这朵上停一会，刚想用相机拍下来，又害羞地飞到了另一朵。蝴蝶也有几只，赶来踏踏青，轻盈地舞动白色的翅膀。

有抽水机在轰鸣运转，把沟里的水汩汩抽排到地里。一个阿姨从柠檬园里走出来。"你是来征地的吗？"她见我背着包，拿着资料，小声地问。"不是的。征地好不好？"我问。她说，"好又不好。好，可以一次性有较高补偿，从此洗脚上田，不用再日晒雨淋。"我问她收成咋样。她憨厚一笑："柠檬有2亩地，粗生粗长，只要勤打理，产量就不会低。柠檬现在便宜了，6元1公斤。有人来收购。一辈子在这里，土地一下没了，舍不得。住到城里，不习惯，没事做，闲着了会想念这些庄稼的。"她摘下一颗轻轻放到篮子里，轻轻叹了口气，"趁还有力气，能多种几年就种几年。"

同一棵树上，有的枝头白色花朵正密密开着，有的是青色的果，还有的，已经接近成熟的橙黄了，空气中弥漫着清新的味道。也有扑鼻的农药味飘来，那是不远处的村民在喷洒菜地。

小沟渠四通八达，与小河大海相通。阡陌纵横，多少年，这里是大海一部分，然后成为珠江三角洲冲积平原，成为鱼米之乡。土地肥沃，水源丰富，四季温暖，没有任何工业污染的废水流入。而近些年，城市化的触角已延伸到这里。不远处，已是刚盖好的商品房，高高耸立。可以预见，很快菜田将成为小区，小溪将成为暗渠，这块田地里的生物将深埋在钢筋混凝土的地下，不知多少年。

坐在蕉地里，打开一本书或一页报纸，徐徐清风送来泥土、小草、杂花的混合清香。一些思绪跳了出来，一些文字记了下来。有小螃蟹在脚下爬来爬去，有蚂蚁按照它们的神奇线路不停地搬运着。西边菜花已经开出了金黄，可与千里外故乡的油菜花媲美争春。鸟声清脆，忽地来了，忽地去了。村庄的房子在荔枝树丛里露出一角，有鞭炮炸响。几个儿童着红衣花裳，在田埂上欢笑着跑过。天空有飞机经过，从南向北，轰鸣而去。

抓起一块土块，上面布满了植物的细细根系，轻轻掰开湿润的泥土。这些泥土，应该是很久以前从异乡别壤万里之外随着流水或者其他方式而来，它们安家在这里也很久很久了。

足有3米高的香蕉树一排排生长。去年宽大的叶子已经苍黄，经脉分明。阳光透视下，熟透了一样。新生的香蕉垂下一挂挂。

新陈代谢，告别与到来在这里无缝衔接。生命在这里默默有序传承着……

那些年我的四个大叔同事

许多年前，我大学毕业从江城武汉来到了羊城广州，从青涩学生，慢慢变成了税务老兵。前天岗前培训课上几个年轻女孩笑着叫我大叔，青春的笑颜，依稀就是我当年的风华模样，不由得想起了这些年来一路同行的同事们。点点滴滴，深深浅浅，往事并不如烟，一个个鲜活的脸孔又跃然眼前。其中四个大叔同事让我久久感怀，时时想起……

税政"皇"叔

"请把这份文件交给税政科的皇叔！"主任对刚到办公室工作的我说。

"皇叔？"看着我的一头雾水，主任突然醒悟过来，笑着补充："啊，忘了告诉你。皇叔，是税政科科长叶鑫皇。大家都亲切称他皇叔，包括局长呢。"

啊，咱税务局同事还有这么特别的称呼。带着好奇，我推开四楼的办公室。

一份《中国税务报》打开着，一个五十多岁的老者正戴着眼镜认真看着。我叫了几声叶科长，他反应过来。连忙站起来握着我的手笑着说："你是新来的大学生吧。哪里人？叫什么名字？在南方一个人习不习惯？"我一一回答，他和蔼地问着听着。最后，他幽默一笑："你从安徽来到广东、广州。我是从广东的东边来到了广州。不过比你早30年。我儿子也快有你这么大了，以后不要叫科长叫我皇叔吧。"

接触多了，知道皇叔是客家人，20世纪60年代考到佛山大学数学系。娶了广州的媳妇，在番禺扎了根。在基层税所任所长十几年，已是局里税务前辈、税政专家了。

不需顾忌什么，从他身上我学到了好多税收工作经验，也明白了做人的规矩。每次执法检查，皇叔都跟局领导商量争取带着我，耐心地给我讲解案例，解疑释惑。他说："要写好税收文章，待在房子闭门造车可不行，要多下基层啊。"

20世纪90年代中期，服务业逐步兴起，在他的力推建议下，面对全市酒店服务行业的从业人员，局里探索了委托酒店代扣代缴个人所得税的办法，每月每人实行定额征收。他在当时算是第一个吃螃蟹的人啊，一时议论纷纷。但皇叔成竹在胸说，只要有应税行为发生，人人都要依法纳税，税务部门应依法征收。当年个人所得税税收收入增幅明显，得到了上级领导的充分肯定，市民的依法纳税意识有了明显增强。

经过采写和指导，一篇《我市个人所得税年收入首次突破亿元大关》的信息稿件被《中国税务》杂志作为基层工作经验刊登了，作者有皇叔和我。皇叔看着杂志社寄来的汇款单，笑着说："稿酬还可以，拿去喝酒去！"

他喜欢喝点酒，本地的九江双蒸酒或者顺德红米酒就行，要求不高，兴致不减。临河的大排档，几个大叔加上几个年轻人，几条鱼生，一盘蒜葱，一瓶水酒，说尽世间事，直到夜深而归。

前些天，在那家路边大榕树下，与河哥等说起那些年在这里喝酒的事。来自辽宁的小华问："谁是皇叔？"我与河哥对视着，没有说话，默默地一起将杯中的酒用筷子蘸点洒在地下。

皇叔，我们亲爱的大叔，因病离开我们已经9年多了。

诗人根叔

两手紧紧握个布袋，瘦瘦高高，有些拘谨地站在门边。

"我来交稿件，请您修改！"他从包里工工整整把一沓稿纸拿出来，郑重地递给我。

原来他就是根叔！终于名字、文章和人对上号了。赶上到局里开计统会，他开完会后赶紧来交稿，说是昨晚刚写的。

没来得及喝杯水，他匆匆就告辞了："晚上回去，还要核对报表呢。"

他是潭州税所的税政员，不，老税政员。做了二十多年税政工作。

他做的税收报表清晰准确，工工整整，早就被局里公认是最细心的税政员，出错率最低。

除了在数字上斤斤计较，他还常在文字上推敲斟酌。我在办公室负责编辑税务信息刊物，新增了"税苑文学"一个专栏。第一期才出刊两天，他就通过邮局寄来一封信。

原来是对该栏目的肯定和表扬。他说："税收数字虽然枯燥，但收税人的生活却丰富多彩。好多好人好事应该通过文学这个载体来讴歌弘扬。"信中，他还附上了自己刚写的两首赞美依法纳税行为的诗词。

诗浅显易懂，真情流露。虽然他并不是中文系毕业，但这并不影响他对文学的酷爱和坚持。

每个月，我都会收到他的诗稿，还有工作信息。手写的正楷，没有一点涂改。有一年，他投了53篇，刊登12篇。居全局个人第一名，被评为优秀信息员。

说起根叔，同事们都说：像一头老黄牛一样，埋头耕耘，与世无争。他生活简朴，却酷爱读书，写诗自娱，乐在其中。拙于言辞，不善交往，也没有什么其他嗜好。8小时之内与数字打交道，把税收政策上传下达；8小时之外，他就在房里对着台灯排列文字进入诗的王国。

有一年市里举办征文比赛，他的一首诗获得了三等奖。他高兴地拿了报纸给我看，开心得像个孩子，说谢谢我帮他修改了一个词，看不出他已经是近60岁的人了。

他退休已经10年了吧？还在乡下那个小镇上写诗填词吗？

我打开地税独立运作10周年纪念册，轻轻诵读起根叔的那首诗来……

乒乓志叔

局里二楼是乒乓球室，两张球台。

每天下班后，只要有空，志叔就会打个电话过来："打球吗？"然后我们就会挥起球拍，你来我往，搏杀起来。

他的球拍比较特别：是正胶的，与大多数反胶不同，是用胶粒接发球。旋转方向与反贴完全相反。他发球短，落点刁钻，必须全神贯注应对变化。所以一开始，我几乎摸不着边。不是出界就是下网。啊，咋搞的？他看着我茫然四顾的样子，乐个不行。

他常常在比赛后给我分析出错的原因："打球不能马虎，站在球台前就要打好每一板，全力以赴。主动求变，不能被动，就像做税收工作。不能放弃，更不能骄傲！"

他是发票科副科长，每次到基层检查发票都一丝不苟，把发票管理的盲点和漏洞一一指出来。平时到餐馆吃饭，酒家开具的发票，他都要拿过来细细辨认。好几次发现假发票，他第一时间将这些情况向管理科进行反馈，有效进行了规范。

慢慢地，在他的指点下，我的球技逐步提高，他的球接起来也轻松自如了。再比赛，大多是我赢。他笑着说："年纪大了，反应慢了，打不过你了。"

但是他仍然每一次比赛都认认真真，从不随便，也不放弃。有一次，打得难分难解。记得那时打的是21分制，五盘三胜制。二比二平，第五盘，20比20。气氛紧张到了白热化。关键时刻，我克服心里想赢怕输的压力，深吸一口气，没有想太多，发完球后，主动侧身强攻。连赢两分，我欢呼起来。志叔过来与我大力一击掌："就该这样打。主动打好每一板！"

周六日，我住在单位的集体宿舍里，志叔常从不远的家里过来陪我打球。他说："一个人在外地他乡，要自己照顾好自己。身体照顾好了，父母家人才放心。"

那天，去二楼打球，捡球时发现窗帘下静静躺着一块蓝皮的胶粒球拍，灰尘落满。

我的眼前又是银球飞转、汗珠飞溅的画面。

耳边又响起志叔有力的鼓舞的话，不知不觉他已离开我们多年了。

我的眼眶一下子湿润起来。

好人七叔

午饭后，七叔问，逛街么？我抬头看看天，天高云淡，是个阳光灿烂的日子。去哪里呢？友谊商店、繁华路、商业大厦这几个去处走得多了，远处有风景，不如去新广场看看吧？七叔轻捷地把摩托车一发动，我们俩便直奔光明南路而去。

午后散散步，是我与七叔形成的习惯，难得有个好心情，便会意一点头，来个饭后百步走了。

我常常打破砂锅问七叔，为什么叫新广场呢，以前的旧广场呢，新广场是啥时有的呢……这些都难不倒他老人家。七叔是小镇的老掌故，便不厌其烦地给我追忆起来。

他说不好普通话，有时夹杂着白话。他常跟我说："入乡随俗，本地话也要会听会说，这样更方便些。"

七叔是家里的模范丈夫，好爸爸。七叔有两个女儿，七婶比他年轻几岁，他总是说要让让她，当作大女儿看，年纪小嘛。有次我们一起走在街上，一个卖菜的阿姨笑着问："阿叔，这是你儿子啊。常常见到你们一起逛街啊。"好像是有点儿像呢。我们互相看着，哈哈大笑。

他当稽查队队长十年，精通业务，执法严格不徇私情。手下的年轻人，不叫他队长，叫七叔。退休前两年安排到征管科帮助工作，成为新组建团队中的最年长者。我遗憾没能在他做队长时当一回兵，却有幸与他一起共事两年。

每年春节，南方有年长者给未婚青年封利是的传统。每次他都给一个大利是给我，说吉祥如意，图个好意图，快点在广州成个家啊。

突然想不起来，为何大家叫他"七叔"。也许是家族兄弟排行吧，七叔大名是张汝荣。

前年，我专门到他住的小区，把我最新出版的第一本散文集送给他，上面有篇写着我和他的文章。他翻看着，对我竖起大拇指，一如既往地给我无私的鼓励和鞭策。

那天在税所见到他的女婿郭哥，说七叔现在还每天一大早开车去饮茶，爬大夫山。快八十岁了，身体挺好。

啊，我有两年没有见到他了。要不是早几年七婶开始不让他喝酒，不然，真的要请他喝上一杯。就像十多年前，我们与皇叔、志叔一起在村头就着农家菜、岭南小吃，边喝边聊，桌上摆着七叔从乡下刚摘来的鲜红荔枝，有夏日的凉风吹过。

那是多么令人难忘的幸福时光……

两个人的行书

　　从市桥步行到黄阁，是去年突然跳出的念头。"说走就走！"不需太多的准备。一个周末的早晨，阿堂与我开始了两个人的行书。

　　蚬涌是市桥河的小支流，通向珠江，流向大海。水深水浅，潮涨潮落。20多年前我初来时，小河清澈见底，游鱼群群。曾与阿堂笑称，自来这里后，河里的水慢慢开始变化了，变脏了，鱼儿也少了。这当然不是哪一个人的直接原因，但也是许多的"我""你""他"不知不觉人为的污染，直接或间接导致的量变到质变。让人何其痛惜！曾经多么清新的村落，临水而居，家家户户，就地取水，喝一口清凉甘甜，水质根本不用检测。如今河堤边刚刚竖起了河长责任制的牌匾，一级级重视起来。"还我绿水淙淙！"我们一边走，一边感叹，期待小河尽快重回往日的清澈。

　　从邮政大街出发，细雨为我们洗尘。南部快速桥下有村民端午训练告示，镇上组织划龙船的，每天补助150元，我们倒有些跃跃欲试了。我似乎看到龙舟竞渡的热闹，听到浪花飞溅的鼓声阵阵来。在原大刀沙小学的门前，一棵V形的大榕树中间凳子上，有几个白发苍苍的阿婆坐在士多店旁开心地聊天。手机对着她们拍照时，她们还有些羞涩地捂住脸，少女般的欢笑。村民们寸土都珍惜，在堤坝上种上辣椒南瓜玉米，一点土，也长出绿色，结出大大小小的果实来。

一条渔船，停靠在水边，应该是刚出海远航归来。渔民夫妇从大船上搬运捕获的海产品。两只小木船像它的孩子一样，依偎着大船停泊。阿堂突然像发现新大陆一样指着船头绿油油的一片说，船头也种菜呢！这还是第一次见到。我们与他们交谈起来。原来渔民出海时间长，长时间不能靠岸，干粮肉类可以储备，新鲜的蔬菜到哪里去买啊。聪明的渔民想出了这个移动的海上菜地，自给自足。只要有土有水，有种子，这些蔬菜，就适者生存。去到外乡远海，植物们也随船而行。出外捕鱼，船是移动的家，菜地也成为家的重要组成部分。海上的生活是单调的，除了打鱼，种菜浇灌也充实了简单的水上生活。把菜园搬上船头，种的菜几乎没有污染，故乡的老味道。借土种菜，靠水吃水。小船大船，在芦苇丛中，安静地躺着。塑料泡沫等难溶解的垃圾也飘浮堆积着，如果有人定期清理下，给予良性的生态开发，这里会有一个更好的观光田园。

大刀沙、观龙岛，这两个岛像双胞胎，长在水中人初识。一个属于石碁镇，一个属于石楼镇。以前是市桥河道与沙湾河道中间冲积的两个并不相连的隔水相望的岛。如今德怡大桥、观龙大桥把这两块世外桃源连在一起，与外面的世界接轨了。空气好，车辆少，视野好，路况好。已有比较专业的单车手在绿道上飞驰了。

堤岸边是一丛丛栀子花，城里园中的早已谢幕，在这岛上才刚刚绽开。也许品种不同，但醇香一样醉人。摘一朵放在包里，香气跟着一路走。走到观龙岛渡口。在高架桥梁下，过去的船渡还在运营。石碁、石楼、东涌三个镇临江村子之间最近最便捷的交通工具便是最原始的交通工具——船了。码头隔水相望，一条机动船来来往往。现代与传统，陆地与水面，和谐地共存着。岛上开摩托的村民问我们从哪里来，到哪里去。他惊讶地看着我们，好像当我们是老外呢。我们相视一笑，在船头与他合影。两元一人的过渡费，几分钟，我们就从江北被送到了江南，从番禺老区来到了大南沙新区。一辆轻轨在东边高架桥上轻捷跃动着，那是四号线地铁。

农田的田埂上，一部货车在装运柠檬。承包的老板种了一百亩，批发价一斤一元左右。柠檬的花小，却有着别样的香馥。中午一点在东涌吃个便饭，湖南菜馆也开到了小镇上，生意兴隆。炒苦瓜，泥蒿炒肉，冰冻青岛啤酒入口，忘了行走的疲倦。以前去黄阁次次经过，这么多年，我们无数次经过这段路，却都是在汽车或者摩托车上，未曾有机缘停下来，好好驻足。

沿着骝岗水道，到黄阁这段，是煤屑路。河边有几株树，是南方才有的苹婆树，还开满了精致的小花。河上还有灯塔呢。多年前，无数商船从这里来来往往，驶向香港澳门，驶向南洋，驶向更远的大海。如今从广州南站开向深圳的高铁，从桥上风驰电掣而过。似乎不变的是田里的甘蔗林，它们像列队的士兵，一律绿色的服装，站得笔直，沐浴在雨后的阳光下，向上生长，带着饱满的甜蜜的梦想。阿堂指着对岸的鱼窝头村说，那边也有他们村几百亩地，是飞地。去年村里分红，村民又过了一个丰收年。我曾与他带着几个小侄子、侄女坐船到对岸，爬上树去摘鲜红的荔枝，孩子们仰着头，双手张开，接满了晶莹剔透的荔枝宝宝。一张张笑脸，与荔枝相映。岁月如流，如今，他们已长大成人，有的已生儿育女了。

这一次行程，上午八点从康城出发，到晚上八点回到高楼大厦的城里。小腿有些发胀了，线路画了个圆。这一天，我们感受天气变化，经历丰富的旅程，看到了瞬间不同的风景。

如果不是这次徒步的行走，我们不会觉得20多年就这样眨眼而过。恍惚中，就像从城里到乡下，用了一天的时间。

韩愈的阳山

一

新世纪之初，18年前，粤北连州，一时成为旅游的热门胜地。瑶寨风情，篝火晚会，地下河，山歌清脆，山峰云雾……这些画面还时时在脑海里闪现。

而那时去连州，出清远，沿北江，不久就盘旋上山，一个路牌不经意地跳入眼帘：阳山。

阳山，我几次从门前匆匆擦身而过。直到今年8月，以文学采风的名义，受邀同行。却因家里有事，周六一早不能跟随广州南沙作协的大部队。怎么办呢？

按说，就错过了。但心有不甘，有股强烈的愿望在内心涌动。

思虑再三，既然不能一起出发，我就自己坐长途汽车赶去！我倒为自己这个一时冒出来的想法鼓舞起来。市汽车站，班次不对。省汽车站，一小时左右一班。

于是下午一点，我花了75元，微信支付，坐上了北上的大巴。广州到阳山，180公里。几乎全程高速，但下雨塞车，直到傍晚，才到达这个群山环抱的山城。

车上见远处云起山间，缭绕蒸腾。

不禁口占一绝：

骤雨方停红日照，袅袅蒸腾云雾飘。

一抹白纱懂人意，裹得秀峰更妖娆。

阳山，韩愈的阳山。

虽来岭南 20 载，今日始来拜文峰。

恕晚生我迟来了！

二

韩愈纪念馆就在贤令山下。

一大早，进不了展厅瞻仰，但同样感受到文化的千年氤氲，体会到韩文公留下的文脉熏染。那口韩公井，满满的快要溢出来，分明寄寓着"韩源"源远流长，润泽岭南。我轻掬一口，清凉甘甜。

韩愈（768—824），字退之，唐代杰出的文学家、思想家、哲学家、政治家。

韩愈十岁时，曾随兄嫂谪居岭南韶州（今韶关）两年。兄长韩会早逝，韩愈随寡嫂避居安徽宣州，在困苦与颠沛中度过了童年少年。从小便刻苦读书，无须别人嘉许勉励。25 岁中进士，29 岁登上仕途。

贞元十八年（802），韩愈任国子监四门博士，时年 34 岁。此间，他积极推荐文学青年，敢为人师，广授门徒，名篇《师说》就写于这段时间。第二年，韩愈与柳宗元、刘禹锡等同为监察御史。

是年长安大旱，到了秋天又遭霜灾，田地颗粒无收，民不聊生。京兆尹李实为求政绩，欺上瞒下。淫威之下，何人敢于进谏？此时，身为八品小吏的韩愈挺身而出，承受着来自各方面的压力，宁可孤立无助，为民请命。谗言之后，韩愈自然被贬。

阳山地域，南岭山脉南麓，古为南交地，周时属楚，战国时境内有阳禺国。秦朝末年设阳山关，西汉高祖时置阳山县，迄今已有 2200 多年的历史。

韩愈谪迁岭南，或许一开始失意居多。离乡背井，远离中原，交通不便，言语不通，蛮荒炎热，瘴疠之气。这些困难算什么？

没有乒乓球，没有羽毛球，没有健身房，没有足球，没有先脚店，没有唱歌房，也不要紧。山地的一个盆地，石灰岩地区，靠天吃饭，一点薄土，只能果腹，风调雨顺就是丰收之年。一个中原人来到南方水土不服正常。幸好是壮年，在这里虽没有大鱼大肉，但也没有营养不良，而且没有激素和农药残留。乐天知命，不忘职责，不忘从低处汲取和转化所有的人生哲思和文学素材。既冞之则安之，既来之，则发现美，则讴歌美！

忙完公务之后，娱乐活动只能靠 11 路自驾车了。走山路，攀荆棘，钻岩穴。身体锻炼得不错，文字的灵感也就来了。无案牍劳形，无丝竹乱耳。最适宜反思自己的言行对错，最适宜思辨文学创作向何处去，最适宜用文字记录阳山的纯朴风土人情。他在此对生命作了深刻反思，遂有《五箴》名篇。以"常思得游处，至死无厌倦"的兴致遍览阳山的奇秀风景，他应该从中获得了莫大的慰藉和无尽的灵感。所写的诗文据统计，著文有 6 篇，诗歌23 首。

韩愈深入民间，积极参加山民耕作和渔猎活动。广州附近的文士区册远道而来，向他请教。他还经常到附近的农舍，和乡民一起把酒问桑麻。《远览》一诗写得好：

所乐非吾独，人人共此情。

往来三伏里，试酌一泓清。

人不能同时踏上两条或两条以上的路，也不能同时看到路两边的风景。人生之美妙，在于不雷同。我突然想起了北方的阴山。来到岭南，不一样的纯朴的真情，更加简单的宁静。迬江之水，清兮，可以濯我缨。这一切，都润泽丰厚了韩愈的文气底蕴，如《县斋读书》所写：

出宰山水县，读书松桂林。

萧条捐末事，邂逅得初心。

哀狄醒俗耳，清泉洁尘襟。

诗成有共赋，酒熟无孤斟。

青竹时默钓，白云日幽寻。

好一个阳山！好一个阳山县令！

不仅是一幅世外桃源式的生活图景，而且不忘将"初心"写入诗中。

三

韩愈，一生三次入粤。阳山自西汉元鼎六年（前111）设县，至803年韩愈贬阳山令，之前913年的县令应该也有优秀者，不知为何不见记载。

韩愈在令阳和刺潮过程中，施政以仁，为政以廉，关心民瘼，兴修水利，办校兴学，为民办好事，做实事，促进了阳山、潮州乃至整个岭南的开化、开发和开放，为岭南的社会发展和进步做出了重大贡献。

百姓谁不爱好官？《新唐书》说他在阳山"有爱在民，民生子多以其姓字之"。才短短一年时间，何其不易！后来在潮州还赢得"一片山水尽姓韩"的美誉，何其仁德！令后人高山仰止。

在中唐的政治舞台上，他扮演过监察御史、刑部侍郎、国子监祭酒、吏部侍郎等角色，所至皆有政绩。但他的主要贡献是在文学上。他是古文运动的倡导者，主张继承先秦两汉散文传统，反对专讲声律对仗而忽视内容的骈体文。在思想方面，他坚决反佛排道，大力提倡儒学，开宋明理学家之先声。

正如清代萧丙坤《重摹韩公"鸢飞鱼跃"赋诗》所写："大贤所至物与化，殊俗尚雅驯无猜。"韩愈上承孔孟学说，致力复兴儒学，在唐代儒学向宋代理学过渡中起到承前启后的重要作用，成为儒家宗师。元丰七年（1084），宋神宗加封韩愈为昌黎伯，入孔子庙陪祭，迅速提高了韩愈的地位与影响。韩愈更是阳山文化史上由蒙昧走向文明的一位重要的里程碑式的人物。

故宋人苏轼称他"文起八代之衰，道济天下之溺"。明人推崇他为唐宋散文八大家之首。与柳宗元并称"韩柳"，有"文章巨公"和"百代文宗"之名。后人将其与柳宗元、欧阳修和苏轼合称"千古文章四大家"。

造化群黎，泽被广矣。

四

自唐代以来，岭南就成为历代朝廷贬谪官员之地。流放岭南的韩愈也一样苦啊。吃不饱，穿不暖，偶尔喝口本不适宜酿酒的阳山土酒。万把人的小山城，真的是先天下之忧而忧，后天下之乐而乐了。

是年少轻狂吗？是不知利害得失吗？

职责所在？初心不忘？

还是如后来的朝云所说，一肚子不合时宜？

过不了自己良心这关，职责这关，做不到对处于水深火热之中黎民百姓的漠然，违心闭眼说瞎话，虚与委蛇，或为一己之谋，报喜不报忧……

"太傻了。""太憨直了。""有些二了。"似乎听到朝廷上那些交头接耳的嘲讽和坏笑。

而这种"迂腐"，却朝朝代代，后继有人。明知不可为，而为之。

没有那些如淤泥的宵小奸佞，怎得文章悬日月、肝胆照天地的莲花珠玑风骨？！

与他联系最密切的是同时南下的"贬友"张署（时任湖南临武令），两人有多首诗歌交流；与同州"贬友"连州司户参军王仲舒也很合得来，曾应请为王仲舒所建之亭命名作记；与邻近的郴州刺史李伯康也很要好，李刺史赠纸笔予他，他馈赠黄柑予李刺史，并赋诗致谢。他和后来贬谪到永州、柳州的柳宗元政见也许不合，但并未影响他们共同携手倡导古文运动。

815年春，"诗豪"刘禹锡（字梦得）携八旬老母和两个儿子，与柳宗元衡阳洒泪各赴谪地，由郴州取道入与阳山相邻相依的连州。被赞誉"有宰相之才"的他，两度被贬连州刺史。刚正不阿，重教兴学，栽培州人，"功利存乎人民"，勤奋笔耕，同样给岭南留下了不朽的诗篇和宝贵的精神财富。

1076年，连州进士欧阳经有诗：

退之雄文露天巧，梦得清诗挥秀格。

迨今声名三百年，文字山水相辉赫。

韩愈的文章，刘禹锡的诗歌，各领风骚，既结脉岭南文化的源头，又为山水增光添彩。

江山人文，相得益彰。

一百三十多年后，林概任连州知州。至阳山作《谒韩退之庙》：

退之昔负经纶志，作邑当年来此中。

漫道阳山是穷处，先生于道未尝穷。

一百八十年后，苏东坡也一贬再贬，来到了岭南。阳山隔壁就是英州，苏东坡贬谪的其中一个地方，只是尚未到任最终又被贬到更远的惠州。他来过阳山吗？他在英州寄情山水时，他一定会怀想一百多年前的贤者韩文公的。韩愈和苏轼两座高峰气势磅礴，如海如潮，并称为"韩潮苏海"。

大丈夫四海为家，苏东坡词曰，此心安处是吾乡。

即使没有荔枝吃，也不辞长作岭南人。

心中有大美，眼前有青山，笔下怎能没有文如泉涌？！

两大超一流文豪，天公降人才。不然，如何能来岭南，来此度人亦度己？

五

"相看两不厌，惟有敬亭山。"

三十多年后，韩愈也这样看过阳山的石灰岩群峰吗？安徽宣州，韩愈年少时寄人篱下于此，敬亭山与阳山，同也不同吧？

上元二年（761），李白在经历了安史之乱后的漂泊流离，经历了戴罪流放的屈辱之后，第七次、也是最后一次来到安徽宣州时。他一人步履蹒跚地爬上敬亭山，独坐许久，写下了《独坐敬亭山》这首千古绝唱。

身心的疲惫，需要得到慰藉。

顺天理，行真性。何其之难乎？

人间正道是沧桑。魑魅魍魉，从来与忠贞纯良伴生。

当彼时，基本的秩序礼仪不遵循，基本的人性泯灭。百无一用是书生，济世几人可经邦？

离阳山赴任途中，自郴至衡，路过耒阳，韩愈专程拜谒了杜甫墓，并作长诗《题杜工部坟》以吊之，率先认识到杜诗的价值。

七百多年后，即1506年。王阳明，在贵州龙场悟道 同样也在隔壁青山绿水里涅槃重生。

一千一百多年后，傅雷说："赤子孤独了，会创造一个世界。"

三个关键词：赤子，孤独，创造。

说得多么精炼和激越！

山水，赐予了诗人们无穷的愉悦慰藉启迪和灵感。

当此时，唯有文字，可以把青山绿水，化为文化薪火相传的金山银山！

也许只有在青山绿水里才能化解和救赎，文人，真正的文人，当是怀一颗赤子之心，对一切真善美本能地向往亲近皈依和书写。

文人临水，书生登山，巍巍乎如高山，浩浩乎如流水。所谓高山流水遇知音，不在乎名山，不在乎大川，但得合乎自然，遵从规律，天人合一，身心交融。

山水使人快乐，使人返璞归真，山水间有负离子，正能量，有大文章。文字才得以流传，后人才得以感受千古的行吟和惆怅。

古人从书本中启蒙，在四书五经里苦读，达则兼济天下，穷则独善其身，寄情山水。好的文品、人品，与山品、水品，本是自然统一的。

穷乡僻壤是贬谪地，也是道失求诸野之地，更是汲取能量重新出发之地。

青山绿水，就是桃花源，就是古往今来，人民对美好生活的最本初向往……

六

山水洗礼，民风熏染。

当时流行的骈文华丽，重形式而轻内容，多造作而少自然。韩愈感到了文学的窒息和浮躁。

或许，韩愈来岭南，离开京城的喧嚣与繁杂，才真正体悟到清新文字，一如阳山的山水，本自天成，妙手偶得之而已。

我突然大胆设想：阳山的山中岁月，于韩愈，不仅启悟了个人的视野胸襟，更酝酿、开启对文学的思辨，推动了古文的运动。古风纯朴何其可贵。古，非陈旧，而是经过时间的沉淀，岁月的淘洗。他提出的"文道合一""务去陈言""文从字顺"等散文的写作理论，依然值得今天的散文写作深深思考。

而立不惑之年，韩愈，第一次到岭南这块瘴疠之地，初得沉淀。艰难困苦玉汝于成，不经风雨，不彳亍独行，哪能点燃文字的光芒，烛照天地，光夺日月，流传千载？

可以想见，贬谪蛮荒之地，仕途不顺文章幸，是缪斯女神对历来中外古今文人的磨砺和锻炼。不到山水间，哪得个中三昧？

青山绿水，天然是文学创作的金山银山，是文人墨客，是君子志士最适宜归隐修炼之地。

一年多的时间，韩愈在阳山，慢慢耸立，逐渐长成一座文化的高峰。

阳山不差山，山连着山，连绵不绝，但韩愈首先为阳山增加了一座特别的山峰——文峰。自此，后来者，风起云涌，群峰环拥。

一代代名人，经过大浪淘沙，千年后还如一座座高峰屹立在那里，为后来者景仰和践行。

岁月如流水不息，而文人的风骨、才思，却如青山，年年苍翠。

七

阳山内河系属珠江流域北江水系，境内小河流众多，典型的喀斯特地貌，孕育了阳山县丰富而奇特的旅游资源，这里人文古迹众多，自然风光秀美。

如今的风景名胜有广东第一峰、神笔山、北山古寺、连江风景带和南岭国家森林公园等。这里盛产大豆，善做豆腐。水是制豆腐之关键，阳山县山泉洁净，因而制作出来的豆腐特别嫩滑、鲜美。洞冠梨也是阳山县稀有的珍贵果品，阳山鸡是广东省八大优良鸡种之一，饲养历史悠久，其体形优美、肌肉丰满、肉质嫩滑鲜美……

时代的潮流浩浩荡荡，群山之间的阳山又迎来了新的发展机遇。

翘盼已久的高铁的规划施工，将穿越南岭，南北贯通，在湘西、粤西北、珠三角间串联起一条绿色的"翡翠项链"。

短短阳山两日，岭北的黄昏，远山如黛，倒影江面，连江水暖鸭先知。神笔洞里的祈愿，阳山的精彩故事在作家们的生花妙笔下将一一呈现。稻田里的荷花，古楼里含情凝望，指点青山，激扬文字……

　　一车欢笑，一路灵感，一程秋色。依依不舍归来，情不自禁写下小诗给阳山，给山区和海滨两地的文学深厚情谊，给我们的韩文公：

　　不去江南增春色，阳山飞来一文峰。

　　从此岭南众开化，妙笔写出句句工。

　　失计兹来，未悔长安日边之远；相逢一笑，愧说阳山天下之穷。

　　不禁遥想，韩文公若知，还会挥笔写下"天下至穷处也"吗？

赣江的彼岸

　　这个时间的赣江边，夕阳西下。

　　去看看江的两岸，高楼矗立，会有别样的风景吧？于是第一次坐着地铁一号线，坐到西岸的秋水广场。光线从西边打过来，东边的南昌城沐浴在金黄的阳光里面。八一广场的红旗猎猎飘扬。还有东边岸上的滕王阁。遥想一千多年前，王勃在这里写下千古名句，落霞与孤鹜齐飞，秋水共长天一色。江面宽阔，居然有沙洲在中间。有细细的堤岸连接岸边，我坐在一南一北的堤岸之间。很多市民或者游客脱了鞋走在堤岸上，走到中间的沙丘上。这种画面还是第一次。在去过的所有的城市里，目前还没有见过呢。

　　我看见一对情侣站在水边望着东边的城市，他们依偎在一起，甜蜜地拥抱在一起，羡煞旁人。

　　岸边水草还有不知名的花开着，很多游人带着小孩在岸边欢聚游乐。两边现代化的城市，中间是一条长长的江水，还有新建的横跨东西的大桥，这条江自南向北流入中国最大的淡水湖鄱阳湖。然后汇入长江，流经安徽、安庆、芜湖、南京，经过我的家门口汇入大海。

　　很喜欢黄昏时候在一个城市的江边，感受这个陌生的城市的日新月异。五年前来过这里，从滕王阁上看西边，似乎都没有这些大厦。五年之间已经雨后春笋般站立了这么多高楼。

　　所以来南昌其中一个景点必不可少，一定要在黄昏的时候，就在地铁一号线到秋水广场站下，一出来就是江边，要在江边上好好地走走。

远远望过去，滕王阁在四周高楼的对比下，显得有些矮小。不像黄鹤楼建立在高高的蛇山之上，俯视着万里长江，滚滚东去。滕王阁是平地上起的，面对的只是长江的支流赣江，气势相对有些逊色。

我找了一块草地，坐着。有很多石子很多叫不清名字的草，似乎我们家乡也有。有儿童的笑声远远传来。他们爬上沙堆，尽情地嬉戏跳跃玩耍。凉风一阵阵吹来。哦，一只麻雀在地下觅食，一只蝴蝶，白色的蝴蝶，也从我的身边飞过。甚至还有两位老人在江水里游泳。似乎也看见一只水鸟，白色的，在江面上飞，有些孤单。

江面上还有好多条大船停泊，有只货船开动着向北驶去。水看起来很清，碧绿碧绿的。

我忍不住走过去看。沿着那个堤岸，走到沙滩要脱下鞋才行，刚刚一点点水覆盖过去，在水一方的感觉，不少市民和游客就这样一步步涉江而去。想起屈原那首涉江诗来："乘舲船余上沅兮，齐吴榜以击汰。船容与而不进兮，淹回水而疑滞。朝发枉渚兮，夕宿辰阳。"只不过，那是更西边的上游的湘水。

还有打鱼的渔船像是电影里的，慢慢开过来。一个穿裙子的女孩子跳了上去，船上挂了一排长长的渔网。是一种别样的画面，也是第一次看到。还有一个小伙子拿着长长的竹竿。原来他是在江边捕鱼，后面跟着一个小伙子，袋子里装满了大半袋。我问他是什么鱼，他打开来，我一看原来是我们那里叫作蚕条的鱼还有虾。他说这都是野生的，今晚可以好好地吃一顿，味道好极了。

我拿着手机拍呀拍，真的是特别好的画面，谁说要去5A级的景区才能拍得好的照片？美就在身边，只要有一双脚和一双眼睛。

两个小朋友在沙滩上玩沙，旁边坐着他们的爸爸，我偷偷地拍着时，男孩发现了，对我呵呵一笑。我说做个胜利的动作，他就跳起来，连续比了好几个剪刀，真是可爱极了。但是他的姐姐说不要拍她呀，还是女孩子害羞一些。又一个小男孩，两岁左右，一个人跑到江边抓起一把沙撒向水面。我也对着他拍，他似乎有些吃惊，不敢笑。看着我的手机，甚至用只手抓起头来。也是萌萌哒。

太阳落山了，水一浪一浪，轻轻地拍着。有船的轰鸣声，有几条小鱼从水面上跳起来，带起一点点涟漪。

夜色静静的沉下来，天空中还有云霞，鲜红变得暗红。游人渐渐散去，堤上还有几个走回来。一辆共享单车放在沙滩上，有些落寞。城市的灯火亮起来，北边的大桥斜拉式的小彩虹划过，点亮这相伴一周的城市。

听说晚上还有音乐喷泉。现在是夏天，秋水共长天一色，应该是夏水共长天一色吧。

有情侣拿石块向江面上打水漂，但不是瓦片。这个难度很大，想起小时候在池塘里打的水漂。曾经在湖里也试过，技术还可以。赶紧也俯身找几个在江面上试试。3 个石块，弯腰，下蹲，紧贴水面，往水上漂去。最多有 4 个，至少 2 个。水花开起来，童年的回忆又绽放出来。

感觉自己还余勇可贾。若是薄些的，应该可以打出更多水漂来。

抬起头，天上有放风筝的，彩色的，还带着霓虹呢。一闪一闪的，它们欲与高楼比高呢。

突然想起 20 多年前山上的那个夜晚了，似乎也看见牯岭的灿烂灯火，听见甜甜的笑声来……

远处一湾海

坐到阳台上，阳光从东边照耀下来，前面一排西式别墅在绿色掩映里明亮洁白。远处一湾海，渔船静静停泊在海面上。有一两只飞艇划开浪花。就这样面对大海，视野开阔，心胸无垒。一只白鹭扇动白色翅膀，从东北方向飞来，无声从眼前闪过，不知去向海的哪边？

看画册，才知道巽寮湾的含义。巽，为风，位东南，主吉。寮，为茅屋。大亚湾似八卦，而此寮处于巽卦位。沙洁白幼滑，滩底平实，慢慢过渡，书上宣传词说比夏威夷海滩的还好呢。

居然见到主人家把宠物狗也带到海里游泳的，那姿势，真正的狗扒啊。儿子是标准的自由泳，动作娴熟，挥舞着手笑说爸爸你游的也是这个姿势呢。他指着日落说，太阳到海里游泳了，明早才游出来吧。这句话，倒颇有诗意呢。凤池岛的日落，果然落日熔金，在海面铺上一条波光闪闪的金光大道。

涨潮了，水漫过堤岸。在海水一方，过不去，有砂岩巨石，不由想起那年的两个人的涠洲岛来。赤脚拎鞋，沿水边走。浪来哗哗，瞬间又回，像泥水工将沙轻轻抹平，一次次，无数次。岸边有几株椰子树，两排棕叶圆亭，与海南并无不同。有父母在帮埋在沙里的女儿拍照，就剩个头，玩魔术一样。咯咯笑起来，身子呢，在沙里呢。登山则汗出，戏水则笑溢。水，老少皆宜。登山须坚持毅力体能，亲水则放松欢乐怡情。大自然也有各自的特点和分工啊。

　　树荫下真凉快。看渔船装载游客在蓝色水面来来去去。珠江是夜游，这里是日游了。几只白色的飞艇箭一样激起浪花，一个急转弯，有惊无险，惊呼声却远远传来。我们在城市里奔波，不是凸显人性，就是抛离自然。我们在海边游走，既是亲近大海，也是释放压力。

　　阳光下，海水里，沙滩上，忘了这是国庆长假，若不是一猎鲜红的国旗迎风招展的话。

　　夜色降临，沙滩上开始了烧烤。用锡纸，似乎是懒人烧烤。不用看着火，不停地翻转。一条海鱼，没有破开，完整一条鱼烧得熟透。儿子说，他要享受自己的劳动成果了，好香啊。美味夜色不可辜负。个个都像饕餮，自己流过汗的劳动成果更好吃啊。

　　沙滩全是人，放烟花，堆沙玩沙，烧烤。一边喝着啤酒，一边看着小朋友们用新买的塑料锹在挖沙，用锹堆成一座座沙峰。海浪一波接一波来，一个少年勇敢地从沙滩上翻个跟头入水，弄潮儿向涛里去。大多数老少站在水中，等待浪来的水花，随后又卷走脚下的沙。有人在沙滩支起帐篷，没有蚊子来叮咬。烟花次第点燃，绽放的是美好的心情。

　　激情音乐流淌出来，斜对面海岸灯火与渔船上灯火在前方闪烁。热闹的沸腾的沙滩。光着膀子，迎着丝丝海风，喝着啤酒，四周除家人无人相识，一任风徐徐地吹。

　　孔明灯一盏盏点燃，升起来，像无形的手提着在走。慢慢升空，越升越高，带着一个个美好的愿望。越飞越远，变成眼前一个个红星星。我们仰望着，在海湾的怀里，直到夜深人静，直至海风渐凉……

采 风

一

采风，动宾结构的词。

汉字组词本身就充满着诗意。

《诗经》三百首，何处来？不少采风于民间。

礼失求诸野。

高手在民间，诗歌高手也在民间，世世代代，自由生长。

自由自在自主生长的，才充满正能量，才是真善美，才成为文学创作的第一素材。

采风，这个词，一形成，就是一个好词，估计有5000年了，一直被人们喜爱。

采风，不是旅游。旅游，只是采风的一个部分。

采风，一般是有任务有目的，要有一个策划和成果的。

当然，采风，不能没有行走，不能没有游览。

阿南认为，严格意义上的采风，要具备几个硬件：

一是有组织者。基本费用全包，不用个人掏腰包。二是有一群志同道合或者兴趣盎然者。三是时间要一天以上，越长越好。四是地点一般离开城市，离开熟悉的身边，去远方，或者陌生的地方。五是不能像旅游一样，看了就算，玩了就走。一般要为获取风土人情、发展新貌等进行个性化创作。

采风，更多是文学的一项集体实地考察活动。

126

就像画画叫写生一样。

采风，一个高大上的词。

接地气，还有泥土的芬芳。

二

第一次采风是何时？

阿南想想，应该是刚大学毕业，在桥城的时候。

小城，河涌多，于是自然桥也多。所以慢慢形成了一个集市，在一个交通干道的石桥边。最早叫石桥市。后来几经演变，变成了市名。

阿南参加了市里的几次征文比赛，拿了几个一等奖后，就被文化局和文化馆的看上了。

高高的瘦瘦的袁叔热情相邀：加入我们桥城文学社吧。

他操着带着广州番禺乡下口音的普通话，拿出几本16开的《桥城文学》。文学社名叫桥城。

市里那时还没有作家协会分会。文学社应该就是最早的作家协会组织雏形了。

文学社除了一个季度编辑一期刊物，还请名家来讲课。

阿南记得有堂课请的是鲍十老师，张艺谋的电影《我的父亲母亲》的小说作者，作为文艺人才，刚刚引进到广州。

文学社，还有采风活动。虽然只在市里，只是方圆几十公里。

文学社的老老少少，都积极踊跃。难得相聚在一起，真诚讨论文学作品，捕捉写作的火花。

文学社，文化馆，每年有一点经费。更主要的是，市里有几个企业家热心赞助一些经费。

他们，也曾经是文学爱好者，有着一个文学梦。所以创业成功后，也回报社会，资助文学创作。

去沙湾宝墨园，去感受岭南文化之深厚。去星海纪念馆，聆听黄河大合唱的雄壮涛声。去十九涌，万顷荷花，海风吹来阵阵清香。

到红木家具厂采风，酸枝、海南黄花梨、紫檀、红木，原来这么多品种，原来这么坚硬，这么厚重，这么名贵。每一块木材都采自深山老林，都长了几百年甚至千年以上。

经过技术工人和老师傅们的精雕细琢，木头，瞬间有了新的生命，成为了形状迥异的精致的家具和工艺品。

一块块木材，漂洋过海，运过来，只是一堆不起眼的板块，而通过能工巧匠的劳动和智慧，就化平凡为神奇了。

阿南与大家边听边看，他抚摸着温润如玉的椅子，突然想到，文字的排列组合，也跟这个一样，也是运用之妙，存乎一心啊。

阿南25岁，才工作两年，就获得了全市五年一届的"正大杯"文学奖。

没有任何关系，也不认识任何人。参选的那些文章，大多是在采风后写的。

那是文学社春暖花开的季节。阿南，一个新广州人，在这块园地里，汲取文学的营养，坚定了对文学创作的热爱和信心。

三

后来，袁叔等几个热心的大叔阿姨退休了。文学社的采风活动也成为了美好历史记忆。

阿南在担任局办公室主任后，也学习借鉴文学社的采风活动，每年组织一期税宣信息员信息沙龙。

沙龙，西方的舶来品，与中国的采风，有一些相似之处。

阿南组织这些年轻的80后，去南昆山登山，去漂流，去拓展，去客家的围屋里参观体验。十多年了，参加活动的他们还清楚记得。

阿南，把他们的采风心得进行了汇编成册，图文并茂。每一次采风活动，阿南也收获多多。

阿南还跟这些年轻人交流写作的体会：创作，不能闭门造车，不能纸上谈兵，不能井底之蛙。而要走出去，到基层，到大自然，到人民群众中去。

而且，做文字工作也需要一个健康的身体。

整天坐着伏案，就会出现亚健康。

读万卷书，不如行万里路。写一篇文，当行十里路。

2016 年，省作协组织全省部分作家到汕尾采风，三日两夜的精心安排，阿南在南海之滨行走着，感慨着。回来后写了一篇散文《汕之尾兮》，在《人民日报》海外版发表，还被"学习强国"平台刊登。

四

2018 年，阿南作为作协理事参加了南沙作协组织的贵州黔南州帮扶采风。

南沙区第六人民医院与贵州惠水县人民医院签订了为期 3 年的结对帮扶协议，协助受援医院打造一支水平较高、梯队合理的"带不走"的医疗人才队伍，有效提升了当地医疗服务水平。

文学如何更好地"以人民为中心"创作？阿南在采风过程中，不断地思考着。应该就像精准扶贫一样，只有精准到位，才能让文字具有时代的生命力，才能文以化人，文以载道，文以明德。

感国运之变化、立时代之潮头、发时代之先声，文艺作品才能有生命力。

文学创作一定要深入社会基层，到火热的生活第一线，到各行各业的实际工作中，切实调研、了解、感受人民群众所喜所忧和所思所想，只有这样才能避免"假大空"的标语口号和脸谱化，真正传达出时代的脉动、社会的需求和人民的心声。

创作要依赖人民、依靠人民，脚踏实地与人民相结合。"只有踏踏实实沉下心来，走到人民中间，才能打造精品，传承力作。"阿南觉得，说得真好。

习近平总书记指出，一切有价值、有意义的文艺创作和学术研究，都应该反映现实、观照现实，都应该有利于解决现实问题、回答现实课题。

是的，阿南期待着下一次采风，感受新时代的伟大巨变，写出更加有正能量的文字……

甜蜜的蜜柚

金秋时节，岭南也迎来了丰收季节。家人从网上赊买了一箱赏月佳果，"大埔蜜柚"四个字亲切地跃入眼帘。饱满圆润的蜜柚静静躺在面前，黄中带绿。急忙剥开一只来品尝，红紫色果肉，汁水滋润，爽口清甜，依然是那么熟悉和甜蜜的味道！我的思绪又回到了千里之外的那个满山挂满了累累柚果的美丽小山村……

一

初夏的五月，我们第八批帮扶工作组，奔赴 500 公里外的梅州市大埔县武塘村，开始 3 个月的新客家人生活。

梅河高速旁河水清澈，不下雨时，水中都是倒影。河流带来灵动，带来延续，带来生命，带来生机。沿着梅江两岸一路向东，江边是丛丛翠竹。

从广州到梅州 400 公里，从梅州到大埔 84 公里，大埔县城湖寮镇到百侯镇 11 公里，百侯镇到武塘村主村武光片是 8 公里盘山公路。我们早上 9 点从广州出发，加上中午的午餐时间，即使大半是高速公路，但因有限速，也足足走了 7 个多小时。

海拔 500 米的半山腰上，一栋栋民居层叠点缀，白色的墙体、黑瓦的屋顶，与绿色原野组成了客家山乡的三原色。蜜柚花洁白如雪，开得重重叠叠，引来蜜蜂嗡嗡飞舞。一千多年前，来自中原的客家人为避战乱，辗转到南方偏僻山区，顽强生存，传承了中华民族优秀的品格。那些围屋土楼，大多有五十甚至百年以上历史，像一个个睿智坚强的老人，在岁月的长河里见证、抗争和等待着。

二

　　5月8日晚，在武塘村委会办公楼入住，二层小楼，简洁宽敞。这里前身是武塘小学，小学撤并后闲置。原村委会房子年久破陋，由市地税局捐资改建。从坡下一上来，两条水泥路一左一右向山上延伸。中间是一口新挖的水塘。一眼就见到白色的房子，一面国旗在迎风飘扬。"武塘村综合楼"五个字跃入眼中。帮忙煮饭的阿珍家的小黑狗在门口围着我们嗅嗅，饭后就跟我们亲近啦。鼓舞人心的帮扶标语，记载村两年来崭新变化的宣传栏，芬芳的桂花树、嫩绿的蜜柚树，一栋栋古老民居，以及从屋后潺潺流过的山泉水……一个静谧绿色的山居人家，一个迎来广州地税新客家人的扶贫驻点就呈现在我们眼前。

　　武塘村主村，距镇政府8公里。沿坑靠山点状聚居，居住分散，属高寒山区。全村户籍人口1455人，而村里常住人口159人，有近九成人在村外读书、在外打工。从都市来的我们看到山都说风景美，可世代居住在这里的人却说行路难、生活穷。的确，这里山高地少，主要靠开挖梯田，取得一小块一小块的平地。

　　如何既保护生态环境，又增加村民收入，创新发展农村经济，提高山乡人民的生活水平和勤劳致富能力，这可不是一个容易的课题啊。

　　第一晚入住村委会二楼，夜深了，整个小山村静谧。蛙声如潮，还有不知名的小虫的叫声，满天的星星在头顶闪烁。两只小燕子在微暗的灯光下飞旋，它们也是刚刚将新家安在了村委会一楼檐下的小客人呢。

三

通过连续几批持续帮扶，武塘大多数自然村之间铺上水泥路了，条条都是绿道。客家人热情好客，崇文重教，坚韧勤劳。随便走入哪个村中、经过哪家门口，主人都会迎出来，喝走只叫不咬的小黑狗，真情实意邀请到家里，喝杯自己在山上采摘的野生没有农药的香茶。

那天下午我们步行走访到上隆村时已是黄昏，夕阳的余晖打在客家老屋上，白墙黑瓦更加分明。前年栽下的蜜柚经过精心打理已经挂果，拳头大小。刚种下的，几场雨后就活泛起来。萧叔从门里走出来，我们还未介绍，他就说你们是地税驻村工作组新来的吧。他家不是贫困户，子女读书后都在广州、深圳工作。他热情地带我们参观新居，细细说着扶贫帮扶给村里带来的变化。村里现在人少，但路还是要修。他自己也愿意出点钱，一起把路修到家门口。

他带我们去隔壁的一个贫困户家中。年过花甲的阿婆刚刚参加村里组织的栽种蜜柚树苗，一天60元，还包午饭。见到我们，她拿着脸盆就快步走去屋后。阿叔说，没啥招待你们工作组的，三华李熟了，你们尝尝。阿婆拿塑料袋把几把李子和晒在外面的蘑菇装上，追着要我们带回吃，几条狗也懂事似的围住我们，不让我们走呢。我们只好收下李子，这甜中带点酸味的李子，我们没有洗它，直接放在口中，满口的清脆。他们说天晚了，在家里吃个饭吧。知道我们步行，说用摩托送我们。我们坚持步行，萧叔怕我们绕远了，又在前面带我们走杂草丛生的小路。他站在坡上，大声提醒我们慢点，一直目送我们走到大路上……

走到公丹下村时，天已黑了。一盏淡黄的灯光从二楼的围楼里透出来。一个阿叔伸出头来，用不太标准的普通话大声说："到我家里来吃饭吧？"我们挥挥手跟他说谢谢，看不清他的脸孔。

听声音好像是下午我们在百亩蜜柚园里遇见的那个阙姓的老伯，他那时正在背着药箱给蜜柚树喷药。一天50元，4000棵蜜柚他要从日出做到日落，要做整整两天。

四

走访途中，路遇村民陈彩球，正为脚下几块石头发愁。这些石材是他用来自己手工雕凿成石磨的原材料。我们下车协助他将石材搬到车上并运到家中。村民都夸赞他虽穷但志坚，不等不靠，不懒不赌，夫妇俩手工开凿通往自己家的山路花了两年时间，被称为武塘村的"愚公移山"。靠勤劳双手耕作，种柚树、李树。其房屋前一年因雨水冲刷山体滑坡部分倒塌，因缺钱无法全部修复。我们向村委会反映，把陈彩球家列入了武塘村危房改造计划。

爬上一个个山头，我们高兴地看到有近600亩的荒山被开发成梯田，腾笼换树，种上了蜜柚。村民苏叔，回村承包了山地和几口山塘，已种植蜜柚9000棵。他还设想在水塘峡谷间与村经济合作社一起开发农家乐，让远方的城里人驾车前来品尝山泉鱼、蜜柚鸡、农家菜，呼吸负离子，回归大自然。

五

白天到田头，上山头，进农家，到客家，走访察看。我们与留守的山区村民交谈，询问他们的衣食住行，听取他们的真实的诉求和心愿，探讨武塘村如何进一步发展的有益见解。在长排村民自筹部分资金修路、自主监工的现场，我们感受到他们对广州地税局帮扶的由衷感谢，感受到他们热爱家乡建设家园的桑梓情怀。

武塘村的23个自然村散落在方圆几里路的山腰上，水源是山上的山泉水，水质好。工作组在各村的水源处分片建了蓄水池，

134

确保全村安全卫生饮水，但水池要定期清洁保养。听说我们要上山看水池，热心的相识不久的陈阿姨拿着柴刀小跑过来："那边路难走，我拿刀砍砍荆棘，不要把你们刺伤了。"我们沿着蜿蜒的几乎没有路的山径向上攀登。她也六十岁了，但步伐却不慢，还一路提醒我们。她用柴刀边走边砍两旁的杂草藤枝，我们紧随其后。在林子深处，我们看到了水池。陈阿姨和我们一起把池底的枯枝淘出来，把落叶洗刷掉。清澈的山泉水经过三级自然过滤，甘甜可口，淙淙流淌到村民家。

六

利用晚上的时间学习扶贫政策、熟悉民情、讨论对策后，我们站起身来，走到屋外。看不到城市熟悉的林立高楼和闪烁霓虹，却能看到繁星点点；听不到城市繁华的尘嚣和浮躁，却能听到那些虫子的天籁般的鸣叫。"苦中有为，苦中有乐。先把情况搞清楚，积极提出帮扶好对策，我会去探望你们！"市局领导从手机里发来了鼓励和厚望。

我们把情况和当地政府的需求写成报告，市局党组经过反复研究，确立了帮扶的核心是建立村集体经济实体，通过互联网尝试销售蜜柚，帮助贫困户脱离困境，促使自力更生，勤劳致富，共同建设甜蜜山村、绿色客家、幸福武塘……

谋帮扶之策，融客家之情。我们体味这方神奇土地的每一个美好瞬间，追寻着先行者的足迹步伐，续写着新武塘新发展的新诗篇，分享着浓浓的客家深情。

早晨，窗外的鸟声清脆，一缕缕山风徐徐吹来，屋后的小溪潺潺流淌。一群大头鹅早早在草地里觅食，小鸟儿的叫声比闹钟悦耳得多，两只燕子在细雨中飞旋。山上6万棵蜜柚已泛出新绿，扎下了纤细的根。蜜柚树种下了，只要辛勤浇灌施肥修枝打理，就会在春天开花、在秋天结果。甜甜的果实、红红的瓤肉来自耕耘的每一滴汗水。

两道彩虹一远一近挂在天空上，阳光沐浴、细雨洗浴下的小山村，更加鲜亮。

又一个新的一天来到了美丽的武塘村……

春天吉祥围的五种植物

南来岭南 18 年，对番禺这方水土从陌生到熟悉到亲切，一花一果、一枝一叶牵着我的视线，滋养着我的味蕾，触动着我的情感。

若说沙湾古镇以古祠民居留痕，莲花山以采石遗址印记，吉祥围东涌则是水乡清新地生长。吉祥围，多么吉祥美丽的名字。原本是一片海洋，而今演变成了拥有浓郁岭南水乡风味和沙田文化的休闲佳地，珠江三角洲并不多见的一块闹市边的净土，如村姑一般清灵水秀的地方。几乎无刻意的人工堆砌，多的是近千年自然的冲积形成。即使有人为，也都是勤劳的人民傍水聚居、修筑堤围、开发沙田，是没有机心的不经意的日积月累耕作品。巧合的是我现在市内上班的地方也叫吉祥路，而吉祥围的路牌也写有"吉祥路"。从古到今，好名字，好地方，寄予着劳动人民对这方水土的热爱、期望和祈福，蕴藏着千百年来潮涨潮落、花落花开的故事和情怀。

2012 年的春天三月，终于在一个周日，走进了吉祥围的深处——这个之前从门口开车走了十多年也不知其美的岭南水乡。在惊喜和惭愧中，记下了其中的五种可亲的植物。

百年木棉迎春早

车一进村口，眼前就是一亮。啊，车里的人都惊呼起来。大稳村的旧村委，一株巨大擎天的树立在面前。木棉，一株历经百年风雨、见证沧海桑田变化的木棉。粗壮挺直的主干入云，黝黑的枝条像铁，虬枝横逸，而无数朵花蕾、红花就镶嵌在高空处，笑迎又一个新春。

我们在树下仰望，就像站在一个百年征战凯旋的英雄脚下。没有一片叶子，全是枝干和花的舞台。一颗颗心赤诚地袒露着、燃烧着。春天就在这里被点燃，所有的寒冷被驱走，眼前只有热望和温暖。深黑与鲜红对比，小花与大树相偎。看了不少木棉，在纬度最南的平原地带还第一次见到这株近130年的古树。不在南越王宫中追忆王的盛宴、不在中山纪念堂旁聆听辛亥革命的枪声、不在烈士陵园里缅怀志士先烈、不在越秀山上俯瞰小蛮腰的亭亭玉立，却甘于作为一株树在村口守着春种秋收、春华秋实。台风、洪水肆虐，它岿然不动。它是小村的村标，春天的华表；是儿童的乐园，村民的休息处。它是一本大书，但书中却无一字。多少年，它静静站在水乡边，春来花开，春去花落。只有春天时，它才吐绽春意，报来暖意。

木棉本有刺，幼树尤多，但随着长高长大，树干上的刺越来越少。长高了、长壮了，花在高枝，谁想采摘绝非容易。欣赏她，最好是在树下仰望，她还会报以悄然坠落的花瓣。

"它不仅好看，还可以煲凉茶呢。"树下一个八十多岁的婆婆拄着拐杖，捡起一朵跌落下来的花，沧桑的脸上是亲切的笑容。木棉花，长长的花蕊，红色的五瓣。拿在手里，柔软的，不舍得丢弃。树下有热爱摄影的发烧友，长焦镜头对着花朵，美好的灿烂的瞬间被定格。

榕树下面好乘凉

岭南很多村的村口，都栽有榕树。榕树是最平民、最粗生粗长的树了。大叶榕更是其中的魁首。在骝岗水道轮渡口两岸，几株百年的大榕树撑起一方天空。几年前这里还没有桥。两岸村民要往来，最近最经济的方法就是过渡。这两年南部快速、南二环、高铁等大桥像彩虹飞跨穿过。但轮渡仍然来来回回，在这块土地上与飞驰高铁相映成趣，快与慢在这里和谐共存。

我们在河东的码头远远看见河对面的一大片绿荫，蔚为壮观。跳上机动渡船，站在船上。一元一次一人，似乎回到了故乡的三十年前。故乡的过渡码头早已拆除了，在这里又似乎找到了它的影子。我们在融融的春日阳光下倚在栏杆上，乘客就一两人。河水缓缓向南流淌，不远处刚刚爬过的小丹霞——骝岗山倒影在夕阳波光的水面上。

两株三四人才能合抱的榕树在村边迎接我们。绿海里的金榕树，难以想象这是春天的榕树。来广州这么多年，第一次见到这么金黄的树叶，大片的，在春天的枝头。在树下徘徊，叶子落个不停。之前是金黄，现在是嫩绿。黄叶落下了，新的芽马上就长出来了。树木吐新芽，一片嫩绿，生机勃勃生命一如既往地传承和延续着。

甜蜜解渴的甘蔗

"北方的轻纱帐、南方的甘蔗林"，至今还记得中学时的课本里这样令人难忘的句子、动人的画面。吉祥围的水充足、土壤肥沃，最适宜甘蔗等经济作物生长。这里的鱼窝头糖厂就是以甘蔗为原料生产出优质的赤砂糖、冰糖，进入千家万户。

我们在路边买上几条，不用削皮，用牙齿啃，满嘴的甜汁，仿佛又回到童年时光。绿道上的游人也骑着单车，三五成群的，欢快地追逐着，车头就放着一截甘蔗。骑累了，在榕树下歇歇，男男女女的，都咀嚼着、欢笑着，这是最解渴的饮料、最低碳的能量补充剂。

春天时，既是甘蔗收获的季节，也是播种的时候。一点也不用等，无缝地衔接。一排排的甘蔗齐齐立着，它们的主干被运走，蔗头留下来繁殖孕育新的蔗苗。田与田之间是一条条乡间水泥路，四通八达，阡陌纵横。一辆辆大卡车停在路边田头。一捆捆甘蔗从地里砍下来，被村民们扛到车上，运往全国各地。一看车牌，不少是安徽的。我们与车主攀谈，一车能装50吨，光运费就要一万四千元左右。车主年前就来签好了合同。今年丰收，甘蔗价钱却不高，一百斤三十元批发。车主说，运到千里之外的北方，只有批发一斤六角以上才有钱赚。

我们也从田头捡了蔗头，拿回去种在城里小园的有限空地上，期待它们的葱绿生长，体验下亲手种植的甘蔗应该更加甘甜。

木瓜长在涌堤上

诗经中有"投我以木瓜，报之以琼琚"，可见木瓜的历史有多悠久。但据记载这是宣木瓜，岭南这边的木瓜，是明朝时从墨西哥南部以及邻近的美洲中部地区传入的，所以又叫"番木瓜"。

在吉祥围的农村或小镇，寻常人家的房前屋后，都会种上两三棵木瓜树。一粒种子种在地上，从小苗长成可以挂果的小树，也不过半年时间。它也不娇气，种植的中途也不须怎么打理。仿佛是一夜之间的，那伞状的叶子下面，竟然让人很惊喜地，长出了几只细细的青青的果子来。一个一个，有小有大，椭圆形的木槌一样的小木瓜。羞羞答答地藏在叶子的枝梗之下，簇拥成一堆，像一群为了避雨而躲在伞下的儿童呢！

番木瓜的果实、种子及叶均可入药。木瓜树一年四季都挂果，一批果实成熟了，摘下来，不久又会长出下一批，四时不断。木瓜青的时候，可以用来做菜。木瓜黄了，可以当水果生吃。有首诗写得好："一班伙伴叶下藏，房前屋后水塘旁。只需一垄泥与土，青熟各作菜果尝。"

这里家家房前屋后种着蔬菜、果树，也没人偷摘。一个少女牵着小侄子从桥上走过来，看我们在照相，笑着问我们："有无照我家啊。"还热情介绍村里的情况，邀请我们晚上去她家吃木瓜煮的菜。我们以为她家是开饭店的，却不是。

樱花也来赶集做客

樱花这几年也移民安居到岭南来了，虽然做了培育和改良。东涌的大简村也紧跟时尚引种了大片的樱花。花开得早，南方的年一过就陆续开放了。花期长，花瓣厚，比传统的樱花更不惧风雨寒冷。只是树小了些，怕风吹，用竹竿支撑着。但小树一栏把花开得灿烂如云。在樱花地里，有个家庭用笼子装了七八只小鸡，跟着小朋友一起玩，到田里，放出来，吃吃小草和虫子。春天来了，花开了，动物们也出来了。万物复苏，春回大地。这是小朋友的宠物吗？不仅猫和狗，小鸡也与孩子们一起来踏青啦。孩子们平时在广州哪见到这活生生的动物啊。跑过去捧住一只就放在手心里，还放在肩膀上照相。小鸡与儿童们都开心。久违的童年时光又重现，我们大人也被感染了。

观赏吉祥围的五种植物不需门票，驱车不太远，只要心里想，不用太多费用、太长时间就可以。离田园植物近了，离城市尘嚣远了。山水之间，从无贵贱，只有天籁。初春之时节，吉祥围有相看两不厌的春色，在路上，在脚下，在眼前。

烦嚣之城市，浮躁之人群，谁喜之？寂静之山林，流水之知音，愿从之。于是暮色归来，信笔写下两首小诗《春游吉祥围大稳村水上绿道》：

之一

百年红棉村口下，小桥东涌是农家。

门前荔枝曾红透，屋后甘蔗初发芽。

水清轻掬濯尘面，春暖信步问桑麻。

久在城中忘天籁，几声清脆闻青蛙。

之二

一村临水洗铅华，满树新绽木棉花。

数人漫游绿道上，不觉黄昏满天霞。

村姑笑邀同餐去，无奈农庄已闩茶。

仿佛桃源在此处，心若安处是吾家。

贵州惠水好花红

一条涟江从村庄穿流而过，孕育出一代又一代布依族同胞。

广东也有一条江，叫连江。两者，只差三点水。

两条江，都是珠江的支流呢。

蜿蜒的涟江、美丽的田园风光、古朴的布依寨门、独特的民族风情、多姿多彩的民族服饰、完好的农耕传统、整洁的农家栈道、四季不同的花海……这是坐落在贵州省中南部的一个村主——惠水县好花红村。

好花红村，距县城18公里，是一个以布依族为主体的民族村，是著名布依族民歌《好花红》的发源地，也是著名的"中国金钱橘之乡"和"中华布依第一堂屋"所在地。

在好花红村，有着上百年历史的，不仅是歌，还有已显斑驳但却异常精致的老堂屋。走在村子里，处处透出古朴幽静来。

"中华布依第一堂屋"由三座两层木楼组成，占地面积580平米。木楼加上一堵百年青砖围墙，共同组成一座U形院落。院落内，17级青石阶与青石地板别具一格。这是布依族传统古民居建筑的代表，距今已有200年了。建于清末民初的老建筑，见证了布依族风雨沧桑的历史。

1914年设立定番县，1941年更名为惠水县。

布依族，是最早在贵州这片土地开拓的民族之一，主要分布在南北盘江附近。据考证，是百越的一支，可能和夜郎文化也有着密不可分的联系。

惠水布依族居住地的选择多重于水源，多选择在依山傍水、秀丽的平坝或丘陵以及有河流或小溪的地带建房立寨。一般寨后靠山，寨前有田园，山川环绕。

还可以到寨子里的农家乐去吃一顿纯天然、原汁原味的农家饭。布依寨里的农家小院，错落有致，干净整洁。

摆金镇上吃马肉，味道更加地道正宗。

干锅马肉不涩不腥，肉切得比较细，嚼起来有劲但不费牙，味道很赞且下饭。

店家免费配上一盘凉拌萝卜丝、一份酸汤莲花白，吃肉时吃上几口清爽的凉菜，味蕾瞬间被激活，到最后连酸汤都会被喝得一干二净。

金钱橘个小、皮薄、味美、清甜。

惠水作为"金钱橘之乡"，至今已有300多年金钱橘种植历史。金钱橘曾为皇宫贡品，11月是成熟季，游人可以去摘金灿灿的橘子。

仅种植金钱橘一项，全村农民人均纯收入达4820元以上。现在金钱桔已成为好花红村发展致富的一大产业。

《好花红》这首歌以它的民族风格、柔美的歌声、抒情的节奏、优美动听的旋律，传唱不衰。

好花红调历史悠久，从新中国成立初期就从乡村唱到省城，唱到北京，并通过电台、报刊传遍了全中国。

畅饮刺梨酒，醉听好花红。

这是人民群众喜爱的好歌。

不同的版本，曲调也有一些不同。但表达心中的真情是一样的：

好花红来好花红，好花生在刺梨蓬，

好花生在刺梨树，哪朵向阳哪朵红。

好花鲜来好花鲜，好花生在刺梨尖，

好花生在刺梨树，哪朵向阳哪朵鲜……

2014年3月7日，习近平总书记到贵州代表团参加审议。全国人大代表王菁在发言结束时，动情地唱起布依族民歌《好花红》。红花朵朵向阳开，各族人民心向党。

总书记称赞她唱得好，并请她向乡亲们转达良好的祝愿和问候，祝乡亲们的生活"好花红"。代表们报以热烈的掌声。

习近平总书记对布依族百姓的生活并不陌生。2011年5月，他曾到贵州布依族村寨考察。

2017年11月，好花红乡村旅游区正式批准成为国家AAAA级景区。

村里群众组建的布依族歌舞队，经常性开展民族民间文化活动，丰富文化生活。当地重点加强村寨基础设施建设，着力打造"好花红"文化品牌，发展乡村旅游业。

"叶辛作品阅览室"是惠水县文化旅游重点建设项目之一。叶辛的多部作品悉数陈列于此。把知青文化元素与当地布依人文元素、名人效应和民族文化旅游有机结合，既丰富了"好花红"文化品牌内涵也打造了乡贤文化教育基地。

叶辛代表作有长篇小说《蹉跎岁月》《孽债》等，被誉为"知青作家群中最有代表性的作家之一"。

他在贵州工作20年后，1990年回上海。

无数次到黔南采风创作，他的足迹留在了黔南山山水水、布依苗寨、水家瑶山。

他的作品相当部分反映了贵州旖旎的自然风光、厚重的人文历史及浓郁的民族风情，影响了一代又一代的青年。

贵州有很多优质的自然资源、民族资源、文化资源。

作家们纷纷表示，一定要立足脚下这块土地，发掘我们大地上好的东西，不断地向生活学习，不断地感受生活，不断地在生活中捕捉新意，写出多姿多彩的文学作品。李白、杜甫、白居易为他们所生活的时代留下了不朽的诗篇，每一个有追求的当代中国作家也应该为我们的祖国和我们今天所生活的时代书写新的篇章。

那匹小马，在秋天的稻田里低头吃着草。

同行的小霞，从田埂上摘下了一大把野花，想靠近小马驹，又有些害怕。

我走过去，抚摸小马的头，它像个小男孩，温顺而听话。

想起了家乡的水牛，少年时放牛的回忆浮现出来。

玉米秆子齐刷刷朝向天空，饱满的玉米棒子已经摘下。

覆盆子，又叫树莓，在田埂头耀眼的红。

哇，小时候放学路上，百般寻觅的最美的野果。

赶紧小心地摘下来。

不用洗，不用擦，最多一点灰尘。

鲜甜的，与故乡的并无差别。

这里应该与安徽故乡差不多纬度吧。

广场上一个大姐，半是害羞地用热辣辣的眼神望着对面的小伙。

不看手机，不看歌词，动情地唱了起来：

"隔河望见映山红哎

轻声而过坐一旁哎

想作哪朵摘哪朵

都是那朵艳山红

好酒不到，花不来耶

朵朵鲜花点火开哎

情花丢了还会有哎

情意去了不再来哎

哎

哎

哎……"

听得人荡气回肠，热泪盈眶。

我们，纷纷围着拍照。

每年端午节，惠水县还有龙舟争霸、美食展、游百病等系列活动，县城里也是人山人海。何时我们能够再来小城？

那溪清澈的水。

那座座彩虹似的桥。

那满山的佛手瓜。

去惠水吧，

去喝一口醇香的刺梨酒，

去吃一顿地道的摆金马肉，

去好花红布依寨来一次接地气的乡村游。

谁，在惠水等我？

坐着火车去找冻

2013 年 2 月 6 日。广州东站，人潮汹涌。下午 5 点半上车。13 车厢 6、8、9 铺。车上两对广东母女，一上车就开始吃起水果。先从重的开始，每吃一个，笑说减轻了负担。近四十小时长途马上开始，想起来都恐怖啊。

车 6 点 17 分准时开。工作后对火车的情结似乎越来越深。不知为何，躺在卧铺上，无比的放松。火车开动，离开一个久居的城市和熟悉的人群。抛离了，去新的环境中去。一直想逃离吗？咔嗒的声音在黑夜里有着韵律的美。儿子爬上上铺，一开始还爬不上。后来爬上了，兴奋不已，说最喜欢上铺。开始玩电脑。告诉他别玩没电了，车上没电充，留着明天玩。不然看着别人别馋啊。他不管，还与隔壁的小弟弟交换玩。

开机时正好早上 8 点。已是 2 月 7 日的早晨。车厢里的灯光也早早亮起来。窗外灰蒙蒙的。大雾弥漫。视野所见，只能几十米的范围。景物是绿叶的冬青，光杆的白杨和枯草的山包，一个个村落躲在山凹处避寒。也不知到哪里了。应该过了湖北。昨晚耳边听到孩子妈说刚过长沙，汨罗就在前方。她的家乡和亲人就在不远处迎接新年。我们的车呼啸而过，不能作一刻的停留。

到了一个大站。伸头望过去。"信阳"一闪而过。突然有人叫了一声"下雪了！""下雪了！"小孩子们也高兴欢呼起来。而且是鹅毛大雪。一片一片，在眼前飘洒。出去站台，冬天在等着呢。推车的阿姨说前面站都在下雪了。没有粥等热饮，寒气渐起，赶紧上车。之前15元买了份早餐。一碗稀饭一个鸡蛋一堆咸白菜。说欺诈呢。广东的阿姨，原来是做老师的，说是啊，但没有选择。幸好可以加粥。于是，大家都争先恐后地伸出碗。香辣的方便面气味混杂着充斥着整个车厢。这时候才感到暖气的热度，但已有人添加衣服了。别穿太多。过了山海关才叫真的冷，大冷在后面了。一路向北，雪不见舞蹈了，像是冻在了人家屋顶上，树枝上，麦地里。

车到郑州。雪又飘飘扬扬。有人说像棉花，木棉花的花絮。像毛绒从天而降。飘雪飘雪一路飘。大雪白白是小麦青青的被子，一片片的雪花编织而成。每年的麦子是新的，被子是新的，新年是新的。在游子的眼里，只有它们是旧的，其他的都是新的。如今，新的太多，以致我们游子常常近乡情怯，迷路在故乡的门口。

见儿子与小弟弟玩。叫他过来："知道弟弟多大吗？"儿子："不到四岁。我八岁多。"他说，"怎么呐？年龄不是问题。有些事情大人都不会，小孩反而会。"这是哪跟哪啊。说完又跟小弟弟捉迷藏去了。还躲到被子里，是个耐不住寂寞的主，不知烦恼的好年纪啊。

一觉醒来到了石家庄。站在站台上，白白的一层积雪。拍了些照，只穿一件衬衣，哇，像是从夏天到了冬天。冷风扑面，寒气逼人。很多人在买东西。赶紧跳上火车。又从冬回到了夏，在一瞬间。

隔壁床铺一个大姐，挺着大肚子，与老公一起。还有20多天就是产期。之前买不到票。坐到哈尔滨还要转150公里才到齐齐哈尔。还要转汽车，明晚才能到。长途还乡啊，回乡大不易啊。付出时间、金钱和劳累，只为短暂的团聚。车每开动一次，就离家门又近了一步。

外面阳光从西边照在雪地上，沉寂静穆。车不经北京，天津过后是唐山。9点半列车员过来说"别吵了"。东北口音说成别抄了。大家笑：考试啊。出脑筋急转弯题让孩子们猜。一颗心值多少钱？一心一意（亿）。狼来了？羊逃（杨桃）。羊来了？草没（草莓）。毛毛虫非礼毛毛虫打一成语，是什么？毛手毛脚。一只蝴蝶断了一只翅膀为何能飞？猜不到。爸爸：很坚强。还有一个问题。断了两个翅膀呢？儿子：更坚强。大家都猜不到，一再央求公布答案。爸爸：有一双隐形的翅膀。啊？！大家都乐了。

早上5点多醒，耳边听到四平过了，马上要到长春了。一车人动起来。窗玻璃框里面都结了冰。用手一摸，冰凉。准备下车的一个秀顺的女孩说："在东北早上五六点是最冷的，太阳出来就会慢慢暖和。"她与大家道别。有缘从广州一路过来。列车员开始换票。只换长春的。到哈尔滨还有两个多小时。这趟算好的了，才晚点40分钟，平时一般要两三小时。这列车员没见过。原来刚换班。白天睡觉，晚上上班。这还是第一次遇上。因为是长途。长见识了。东北孕妇大姐说老公在广东待了十几年，回来后都不适应了。生孩子在东北不冷，家里有炕，热乎呢。东北人一样怕冷，穿的衣服更多，被冻过，知道厉害。夏天气温最高也不过33℃左右，空调不需要，基本是摆设。

去洗个面。才知道啥叫刺骨的寒。毛巾都不敢拧。一个大姐洗完过来说："哇，几重天啊。"长春站的站台上，一个身材高挑的已全副武装，戴着耳罩口罩。看着都冷。

天边暗红起来，一弯新月高挂，两片黑云翻滚。原来是两个大烟囱，小妹妹说："真是煞风景啊。"车驶出城，原野苍茫，积雪满眼，雪国风光。树在两旁像粗大的没叶子的甘蔗。白色的炊烟从白色屋顶上袅袅升起。6点45分，一点红色从白杨树根下升出来，一点点放大。雪原日出！车上一片惊呼。以白色为基色，从黑土地里钻出，顺着树干向上。大家扑向窗前，相机手机追拍着。特别大特别圆，像是从图画里飞来的。哇，像鸭蛋黄，像红灯笼。清晨的一缕阳光照在归来的游子身上，顿生温暖。这是此程又一个意外的惊喜。在随意间，第一次在火车看日出，而且是在雪原上。太阳慢慢升高，耀眼的光芒照进车厢。一岁的小男孩也起床了，在找爸爸呢。大家的注意力又到了他身上。

与一个在深圳打工的小伙聊天。他说，去年回来看到的是黑黑的，今年是白白的。黑黑的是土地，白白的是雪。白色才有过年的感觉，才有气氛。下雪才叫过年，喝酒才叫吃饭呵。他凝神望向远方，那是即将抵达的故乡，亲人所在的港湾。

太阳从东方洒下万道金光，火车穿行在光的世界。阳光普照，平等赐予新一天地球上的万物。快到家了！车厢里开始沸腾起来，一车大多是回家过年团聚，也有不少与我们一样到异乡来找冻。列车员过来吆喝说："快到站了。把桌上收拾下，该扔的扔。"他拎着黑色的大袋子，最喜欢收矿泉水瓶了。

大家都开始打开箱子拿出厚厚的衣服，一件件地穿在身上。一下子肥胖起来，臃肿起来。箱子也空起来了。小宝宝穿上一件又一件，像蚕宝宝，未穿过这么多，不舒服哭了起来。8 点 18 分，历经 38 小时的长途跋涉，终于抵达终点站——冰城哈尔滨。

一到站台，立马知道啥叫冷了。首先手先知道，耳朵跟着知道。车站广场是厚厚的冰。我们小心翼翼地走着，一个人啪地摔了一跤。儿子正想笑呢，啪，自己也摔个四脚朝天。他笑着爬起来，挥挥手套，说一点也不痛啊……

与民乐乐的公园

秀丽的越秀山下，正南方是中山纪念堂。

再南边，是广州市政府。

市政府前，不是空旷的广场，而是绿色的公园。

公园，位于广州市越秀区。被誉为"广州市第一公园"。

园址从隋朝起就是历朝历代的衙门官邸，元代是广东道肃政廉访使署，明朝为都指挥司署并曾为南明绍武政权王宫，清代先后为平南王府和广东巡抚署。

民国初期广州还没有属于市民的公园（沙面租界有"公家花园"）。1917 年，孙中山倡议辟为公园，由毕业于美国康奈尔大学的杨锡宗设计。公园 1918 年建成，命名为"市立第一公园"，1921 年 10 月 12 日开幕。公园一开，即成为广州市民最乐意光顾的地方。当时有报刊这样描述元旦假期的中央公园："欲出入公园者，须二三十分之拥挤，观众满布至园前马路。"

公园布局为意大利图案式庭园，呈方形几何对称形式。孙中山曾多次在此向群众演讲，宣扬民主革命理论。1923 年 8 月 12 日其公布了中国第一个公园游览规则。1924 年中国第一次大型三八国际妇女节纪念活动也于公园举行。1998 年，公园全面改造成敞开式绿化公园。结实的花岗岩和磨石铺砌的园道整齐美观，参天的古木和嫩绿的草坪绿意盎然。鸟儿在枝头清脆歌唱，花朵在眼前次第开放。

北面的市府大楼，钢筋混凝土结构，黄琉璃瓦绿脊、红柱黄墙白花岗岩基座，蔚为壮观。夜色里，有灯火通明处，让人不由得想起勤政担当来。

公园地处中山路以北、府前路以南，东到吉祥路、西至连新路，位于广州老城传统中轴线上，面积 4.46 万平方米。公园南侧地底建有动漫星城及地铁 1、2 号线交会的公园前站，地下每天不知多少趟地铁呼啸而过。

公园，真正体现了以人民为中心。公园四周没有围栏，呈开放式，完全免费。世界闻名的巴黎原点位于巴黎圣母院前，而广州原点则在公园的南广场，是广州城的坐标原点。

每个公园都少不了广场舞。这不，北边亭亭的葵树下《北国之春》的舞曲一响起，大叔便搂着阿姨，忘我地翩翩起舞。南边，自带的音响更加悦耳，一个男高音声情并茂唱起了《呼伦贝尔大草原》，一幅百草丰茂、跃马扬鞭的画面，隐约闪现在岭南的夜空里。又一首歌飘到耳边："就在就在秋天的梦里我又遇见你，总是不能忘记你……"《粉红色的回忆》啊，歌声来自西边的黄色八角亭，原来是白发苍苍的大叔大妈们在深情地对唱。

也有下棋的，路灯下，围着一群拥趸，各自为楚河汉界，默默摇旗呐喊。观棋不语，无声的战场，正在夜色里厮杀开来。

舞剑者，动作矫健。踢毽子的，两个一对，四个成团，六个也行。白色的羽毛，在传递，在纷飞。一个倒钩，一个回旋，一个苏秦背剑。默契地配合，你来我往，年龄不是问题，健康快乐才是王道。

打太极的，打羽毛球的，玩滑轮的，合唱老歌的，遛狗的；读书的，聊天的，谈情说爱的，闭目养神的；还有少年们在嬉闹，踢足球，捉迷藏，把童年的欢乐和天真在这里尽情展现……

在这方历史厚重而又充满时代色彩的天地，市民游客，自由来去，各有各的舞台，各有各的练法玩法，各自有各自的精彩，各有各的欢乐频道。没有任何违和，有的只是各得其乐，大众同乐。

行人，尽管看，静静听。就连跑步的，也把这当成了绿色的跑道，耳边，还有音乐伴奏呢。

30 多年前建成的《烽火年代》《鲁迅》《冼星海》《猛士》《新娘》《椰林少女》等 6 座雕塑，分布在绿树红花间。塑像根据题材需要分别采用青铜、花岗岩、汉白玉、红粉石等材料制成，使作品更加有富有生命力和艺术感染力。

椰林少女穿着黎族民族服装，戴着项圈，巧笑倩兮，手捧着的是两个椰子吗？

一匹奋蹄腾空而起的骏马，一个张弓欲射的猛士，面朝东方。雕塑上题记：为真理而奋斗的人。

黄河英魂——冼星海，汉白玉的材质，如洁白浪花，双手在胸前，凝视前方，眼前奔腾的是中华民族的母亲河。他正指挥着，奏响《黄河大合唱》的高亢战斗音符。

在那烽火年代，在艰难战斗的间隙，年轻的革命的母亲，左手怀抱着自己的宁馨儿，母子深情地相望，右手扶着一杆步枪。我似乎闻到战地黄花的芬芳，听到了最动听的呢喃。

《鲁迅》是潘鹤大师的作品。先生的头像，睿智而深远，夜色里熠熠生辉。横眉冷对千夫指，俯首甘为孺子牛。雕像完成于1987 年，正好距离鲁迅来广州 60 周年。

还有丹霞石里长成的新娘，云鬓花颜，羞涩中带着期待。红盖头，已经揭开。心上人，良宵美景，花城春夜如此沉醉。

两对清代的白玉狮子，晶莹剔透，东西含情对视。细细一看，才发现，母狮子身上还趴着一个顽皮的小狮子呢。

那榕树的须根垂下来，像拂尘。它们是如此地热爱土地，只要有一线可能，就把生机朝下延伸，直至长成枝干。

很多时候，那些须根，真实到外地人以为是假的钢筋水泥在支撑。却不是，那是榕树坚韧不拔的生命的放大和挺立呢。

府前路那株人面子树，已在这里葱绿接近200年了。虬枝横逸，与榕树相邻，栉风沐雨，却自有自己的风姿。

位于公园中央的音乐亭，岭南书法大家曾景充书写的"与众乐乐"四字。"与少乐乐，与众乐乐，孰乐？" 不管是音乐还是快乐，自然是大家一起快乐才最快乐啦！

石凳到处是，干净整洁。这里四季风景如画。春天木棉吐红，夏天荔枝挂果，秋天白兰绽芳，冬天紫荆怒放。日出日落，人来人往。欢聚于此，没有门票，人人平等，哪有贵贱？只有闲情欢乐主宰着。

吉祥路，就在公园的东边。寓意多么吉祥的一条路啊。广州人民，赋予了它美好祝福。有幸的是，8年前，我从南边的小城来到这里工作学习。中午，或是下午下班后，我们都喜欢在这条路上散步，走上几圈，忘了疲倦，忘了烦恼。

这里最热闹，也最宁静。把白天拉长，把人生延展，把欢乐唱响。闹市中的一块绿地，高楼林立下的净土。

人在其中，不管是信步而行，还是静心观赏，都是与众乐乐，谁能拒绝这欢乐的感染？

我是他们中的一员。

我是这欢乐的一分子……

希望的田野

不知弯过了多少弯，弄苑村到了。

一望无际，漫山遍野都是一垄垄瓜田。

群山环抱，满眼碧绿。

这就是广州对口帮扶的一个山村，弄苑村。

一个几年前还穷在深山无人知的山村。

一辆川牌的大货车停在冷库旁，村民们正在忙着装瓜，封袋，过秤，搬运。

村支书、村主任快步迎了上来。

还有几只黑狗，也温顺地围着我们，快乐地摇着尾巴。

山腰上的横幅写着：西南最大佛手瓜种植基地。

弄苑村辖 5 个村民小组，239 户 1360 人，现有贫困户 34 户103 人。

"一次种下就可以管上好几年！"基于佛手瓜种植人工成本低，平时只需要进行田间管理的优势，当地大量种植，并尝到了佛手瓜产业带来的甜头。"佛手瓜就是我们的命根子，我们靠这个吃饭，吃的用的娃娃读书样样都是这个钱。"一旁正在作业的陈阿姨说到佛手瓜产业，有说不出的兴奋。

许多年前，弄苑村由于地处惠水县好花红镇东部深石山区，耕地不平、土层薄且贫瘠，地势高而缺乏水源，一直以来都以种植较耐旱的玉米为主，农业发展受到严重制约。

自从当地发展佛手瓜产业以来，就得到了大家的支持。"我们弄苑村啊，大面积种植佛手瓜已经有十多年的历史了。"弄苑村村支书告诉我，今年村里种植的2000亩佛手瓜取得了大丰收，亩产5吨，批发均价达到每斤0.5元，蔬菜经销商直接来到村里进行统一收购，包装后销往湖南、广东、安徽等地的市场。规模化的种植模式给老百姓带来了实实在在的收益，引起各地的争相学习与借鉴。弄苑村也成为了全州脱贫攻坚现场观摩会的示范点之一。

　　而在去年，村里尝试在佛手瓜地里种植的30亩蔬菜也取得了很好的效果。逐步探索形成"瓜下植菌　春上种菜"的立体套种模式，将有限的土地充分利用起来，还节约了肥料成本，创造出更高的经济价值。弄苑村佛手瓜种植基地是好花红镇佛手瓜扶贫产业园的核心区，带动农户600户，其中贫困户280户。

　　弄苑村围绕产业扶贫"一长两短、以长补短、以短养长"，以"一村一场一园一社"建设为抓手，大力发展山地立体生态循环新农业。同时，引进公司，采用移动式钢构圈舍新方式养殖黑猪2000头，为基地免费提供大量有机肥，提升佛手瓜品质。又以残次瓜叶、食用菌补充饲料，实现种养结合一体化发展。通过间作、套作、混作等立体种养模式，缓解人地矛盾，提高资源利用率，从而缓解食物供需矛盾。同时提高化肥、农药等人工辅助能的利用率，缓解残留化肥、农药等对土壤环境、水环境的压力，实现环境与发展"双赢"，经济与环境融合发展。

　　佛手瓜，又名千金瓜、安南瓜、寿瓜、丰收瓜、洋瓜等，是一种葫芦科佛手瓜属植物。原产于墨西哥、中美洲和西印度群岛，1915年传入中国。在中国江南一带都有种植，以云南、贵州、浙江、福建、广东、四川、台湾最多。佛手瓜清脆可口，含有丰富营养。果实、嫩茎叶、卷须、地下块根均可做菜肴，是名副其实的无公害蔬菜。庞大茎蔓可作饲料，瓜蔓可作为强纤维的来源，用来加工成绳。果实含锌较高，对儿童的智力发育、尤其男性性功能衰退疗效明显，还可缓解老年人视力衰退。含钙比黄瓜、冬瓜和西葫芦高2倍多，含铁是南瓜的4倍、黄瓜的12倍。

佛手瓜既可做菜，又能当水果生吃。加上瓜形如两掌合十，有佛教祝福之意，深受人们喜爱。

跟随着村主任的脚步，我们走进佛手瓜地里。

"佛手瓜全身都是宝。"他顺手从藤架上掐下瓜苗，这个苗，像番薯叶一样，也可以吃。嫩鲜，市场最受欢迎。

我问：佛手瓜，可以生吃吗？

"可以。"他钻到里面，摘下一个碧绿的小瓜。

我在同行女作家们的目光鼓励下，接过来，轻轻咬了一口。

虽然不甜，但爽脆，有清香的味道。

她们也忍不住尝了一下，慢慢地咀嚼回味。

"我们冬天还试验种植食用菌大球盖菇，来年三四月可以大量上市。"看着瓜棚下的薄膜，村主任给我们一一讲解，"蘑菇之后，我们还种白菜。立体种植，土地的附加值增加了。"

佛手瓜，一边结果，一边开花。

小小的，米黄色，在阳光下绽放。

村主任说，村子也养了蜜蜂，佛手瓜的花期有半年，产蜜量大。

佛手瓜种植，不能喷洒农药。不然蜜蜂就会中毒。

佛手瓜最大有两斤多重，他选了一个最大的瓜王。

我们一个个拿着它，与村主任拍照，他憨厚地笑着。

上车了，我们与村干部们挥别。村书记突然招手让司机停一下。

他跑到正在装载上车的仓库平台，搬起一袋佛手瓜，送到车上。"请咱们广东的贵宾尝尝！没有广东的帮扶，就没有现在的佛手瓜！"

　　我过去接过来，足有五十多斤重，沉甸甸的。

　　我望向窗外，在希望的田野上——

　　一个个佛手瓜像金娃娃一样，沐浴着温暖的阳光……

苏东坡的日出

2018 年 3 月的一个清晨，我打开床头海明威的《老人与海》，一段文字跳入眼帘：

他是一个老人，独驾一叶轻舟，漂荡于墨西哥湾流之中……

"一条就够了。"老人说。他的希望与信念从未消失过，但是当微风轻轻吹起之时，那股希望和信念变得更加鲜活了……

我想起昨天参加的一年一度南海神庙波罗诞盛会来，还有浴日亭的三位老人与海，他们的诗，他们的南海日出……

南海神庙，是古代祭海的场所，坐落在广州市黄埔区庙头村。是全国东南西北四大海神庙中唯一留存下来的建筑遗物，是皇家祭祀海神的场所，也是我国对外贸易（海上"丝绸之路"的始发地）的一处重要史迹。

海上丝绸之路，是古代中国与外国交通贸易和文化交往的海上通道，1913 年由法国的东方学家沙畹首次提及。中国海上丝路分为东海航线和南海航线两条线路，其中主要以南海为中心。南海航线，起点主要是广州和泉州。

中国古代海上丝绸之路，萌芽于商周，从西汉时就已经开始形成。尤其是唐代，从广州出发的贸易船队，经过南亚各国，越印度洋，抵达西亚及波斯湾，最西可到达非洲的东海岸。明清之后更远至欧美了。这条航线长达 1 万多公里，沟通了东西方政治、经济和文化的交流，扩大了中国在世界上的影响力。

处于这条航线重要位置上的南海神庙，设有码头，码头外面又是珠江入海口。出海航船或来自远方的航船，都须经过坐落在南海神庙的这个古码头。众多的商船顺路经过这里均停下来上庙祭祀，以祈求一帆风顺、财源广进。于是，神庙附近的扶胥镇便商旅云集，民间庙会交易频繁。南海神庙之兴旺，成为广州海上贸易繁荣的历史见证，遗留下许许多多珍贵历史文物，包括御赐的碑文、题字等。

唐代文学家韩愈所撰文的碑就屹立在神庙木棉树下。他有无踏足南海神庙还待考证，但是却撰写下了流芳千古的《南海神广利王庙碑》。而同为唐宋八大家之一的苏东坡的诗矗立在离神庙不远的一个名叫"章丘"的小山冈上，那里是南海神庙一带的最高处，也是历代文人登高观赏日出的地方。

一东一西，唐碑宋诗，千秋光照。就像寻访石钟山、赤壁，没有山水的壮观呈现，没有人生的跌宕起伏，没有文字的推敲咀嚼，只去奴颜媚骨，纸醉金迷，机关算尽，哪有传世经典流传？！

宋哲宗绍圣元年（1094），57岁的苏东坡一贬再贬，最后被贬广东惠州，自英州（英德）途经广州。元符三年（1100），他在海南儋州获赦，也途经广州。其间曾先后探访羊城的南海神庙、白云山、净慧寺（六榕寺前身）等胜迹，各处皆留下他的题咏或手迹，留给了广州一笔宝贵的文化遗产。此于羊城，何其有幸！

长途跋涉舟车劳累来到广州后，东坡先生乘舟踏浪来到广州东面珠江入海口的南海神庙。钟情山水自然的苏东坡不受贬谪失意阴影影响，欣然投身山水之间。为了观看到当时羊城八景的首景"扶胥浴日"，当晚便入住附近海光寺的禅房，海光寺住持热情地接待了苏东坡。

拂晓时分，海光寺住持陪同苏东坡登上章丘冈上的看海亭。

日出东方，紫气东来。

天幕渐开，瑞光浮现，一轮红日从黄木湾水面喷薄而出。又是一轮新的太阳！这轮新红，驱走了无边的黑暗，带来了天地的光明！苏东坡诗兴大发，他惊叹大海之壮阔，天地之浩茫，触景生情，感怀身世，便写下了《浴日亭》一诗：

剑气峥嵘夜插天，瑞光明灭到黄湾。

坐看旸谷浮金晕，遥想钱塘涌雪山。

已觉苍凉苏病骨，更烦沆瀣洗衰颜。

忽惊鸟动行人起，飞上千峰紫翠间。

苏东坡写完诗后意犹未尽，提议把看海亭改名"浴日亭"。于是再提笔写下"浴日亭"三字。诗因景作，景因诗名。该亭所在的章丘从此成了历代文人墨客咏诗雅会之地，作为保留节目至今的波罗诞还有一个"章丘诗会"。这首《浴日亭》也被镌刻在浴日亭的石碑上。

从春风得意少年偶倜到壮志未酬再到一肚子的不合时宜，直至对世界万事万物的到来，都纯然地接受。苏东坡有一次对弟弟子由说："吾上可陪玉皇大帝，下可以陪卑田院乞儿。眼前见天下无一个不好人。"苏东坡眼里，似乎已没有坏人。然老人心中有吗？文字有吗？

一生性情中人，致力于阻止坏事的发生，"见不善斥之如恐不尽，见义勇于敢为而不顾其害。用此数困于世"，却从不曾对美好失去信心，于不可逆中用文学转化所有的遇见、磨难和不堪。寄情于山水，记录于诗文，惠政于黎民，追步恩师欧阳修。醉翁之意不在酒，在乎山水之间也。

400年后，明朝的大儒陈献章来了。

他是广东唯一一位从祀孔庙的明代硕儒，主张学贵知疑、独立思考，提倡较为自由开放的学风。

黄埔夏园人李鳌峰（又名李化龙），在南湾村西台创办了西台书院，邀请了陈献章任教。

陈献章也喜欢登临章丘游览浴日亭观日出，《浴日亭步东坡韵》一经书写，便成为传颂名作：

残月无光水拍天，渔舟数点落前湾。

赤腾空洞昨宵日，翠展苍茫何处山。

顾影未须悲鹤发，负暄可以献龙颜。

谁能手抱阳和去，散入千崖万壑间。

这首茅龙笔书写的诗豪放洒脱，诗词价值和书法艺术价值兼备。后人把老人的诗和手迹凿于苏诗碑的背面，两诗并立于浴日亭内，相得益彰。

800年后，清朝的彭玉麟也来了。彭玉麟，字雪琴，生于安徽省安庆府。湘军水师创建者、中国近代海军奠基人，与曾国藩、左宗棠并称大清三杰，与曾国藩、左宗棠、胡林翼并称中兴四大名臣。

"一生知己是梅花！"军务、政务之暇，彭玉麟都会深情地挥笔，绘画梅花，以万幅梅花纪念心中所爱。他画的梅树，与郑板桥的墨竹齐名，被称为"清代书画二绝"。

光绪十年（1884），中法战争爆发，老人上疏力排和议。他不顾年迈之身，临危受命，奉旨赴广东部署防务。湘军聚集到位后，他亲自察看地形，检查各炮台、营垒，整修虎门要塞，加强沿海防备。

光绪十一年（1885），法军进犯谅山，窥伺广西，他派遣老将冯子材领兵出粤，抗击法军，在镇南关、谅山一战，六败法军。

"乙酉，法人屡败，于谅山请和。"何其令人扬眉吐气！一扫委顿振国威！

彭玉麟乞还后，率将领祭南海神。

登上浴日亭，国事家事天下事，事事关心。他内心的文采诗情也禁不住汹涌澎湃，留下了这篇再步苏东坡诗韵的《浴日亭》：

乾均大铸冶南天，倒泻洪炉水一湾；

金晕烁潮疑煮海，木棉耀火类烧山。

宗朝万派容川渎，远格三苗喜圣颜。

汉鼓唐碑无恙好，永留古物在人间。

此诗也被做成竖碑立于浴日亭陈献章诗碑右侧。

可惜诗碑在 1957 年遭到损坏，被移出浴日亭，不知所终。只有碑座仍横卧于浴日亭的东侧外空地，令人不胜唏嘘。

沧海桑田，今天章丘，已是一个不足百级台阶的山丘。浴日亭，也已经距珠江数百米之遥，浩茫的珠江水，被重重叠叠的树木和高楼阻挡，诗意只能在吟诵里回味了。广州地铁 13 号线已于 2017 年 12 月 28 日开通，游人从南海神庙站欢笑出入。

江山留胜迹，我辈复登临。

戊戌年之春，南海神庙里几株二百多年树龄的木棉又早早抢先吐绽红蕊。

正值第十四届广州民俗文化节暨黄埔"波罗诞"千年庙会举行。黄埔区税务部门联合财政、环保等部门举行了"海上丝路扬帆起，税收服务伴你行"税收宣传活动，弘扬依法诚信纳税，助力"一带一路"建设。

不惮笔陋，我也感作步韵一首《浴日亭新姿》：

千年古港和煦天，珠水春暖汇大湾。

赛龙潮头观红日，奋楫者先看江山。

炮台硝烟铭耻弱，渔村高楼焕新颜。

苏子归来木棉绽，多少英雄肝胆间。

行文至此，忽想到，当年"独朝云随予南迁"之贤淑解语的王朝云，该也同上浴日亭，同游南海神庙了。

工于诗赋的她，面对东坡先生，面对一轮红日，她可即席吟唱一曲？

银杏果黄色渐深

一

池塘里的水，有些黄绿。风乍起，吹皱一池秋水。

有红色的、白色的鲤鱼在游动。有一条的，有两条的，有一群的。有一大条的突然拨动水面，画出一个大大的涟漪。

水中央是荷花，花朵不见，被莲蓬取代了。一半是青色的，一半已转褐色。依然亭亭，虽然有几片叶子已呈枯黄。

睡莲围在荷花四周。荷花与睡莲是不同科目的，我们日常大多把它们混淆。但不管怎样，它们都是亲戚，有着出淤泥而不染的高洁血统。

有树叶一片落下来，无声无息。

几个孩子的笑声传来。

"老爸，来看鱼啊！"一个小女孩大声喊着。

原来他们一家人，带着食物来喂鱼呢。

刚一撒下，鱼就迅速聚拢过来。似乎一塘的鱼儿都全过来了，早早地就有了默契。咦，还有两条顽皮地在荷叶下追戏呢。

岸边的树不同品种，最容易认得的是柳树。西北面有两株，一株是柳树，另一株也是柳树。池塘与柳树是最佳搭配了。

柳垂下万条绿丝绦，仅一株柳树，几枝自上而下，其意境已出。

我在西南边的长椅上坐下，带本《贾大山小说精选集》，前天从图书馆里借阅的其中一本。

这方池塘，圆中带弧度。虽然有人工的匠心，却也不乏闹市里的静谧。

坐久了，突然闻到幽香，一会有，一会无。混合着，带着泥土的味道。

喇叭花，小时候故乡叫打碗花的，几朵攀附着，紫色的绽放。这是人为种植的，还是野生的？还是哪只鸟儿衔来的种子？旁边还有一棵桑树，春天是会结满紫红的桑果吗？

这是朱自清的另一个荷塘，他就坐在东南边的树下。雕像前，是大理石雕刻的荷花。一次次推门进文学馆，把手放进巴金老人的手模里，他的手紧紧握住我，"如竹苞矣，如松茂矣"，高山仰止的大师前辈们在看着我，鼓励着我。

郭沫若、茅盾、老舍、曹禺、叶圣陶、沈从文、艾青、丁玲、赵树理等先生们在园子里的树下，慈祥地看着我们这些文学小字辈。兰质蕙心的冰心在西南的白皮松树下，23岁时的青春永驻，玉壶冰心。这里还是她与先生的墓地。篮球场就在旁边，似乎有些热闹。她一生赤子之心，她爱所有的孩子们。"有了爱，就有了一切"，墓地的白玉花瓶里鲜花盛开，我在心里默念也要躬身敬献一束玫瑰，那是文坛祖母最喜欢的花。

早晨，鱼儿不急不慢地游走。我一直不敢确认夜晚它们是不是与我一样也要入睡？

耳边听到布谷鸟的鸣叫，今年自己出了新的诗集，名字就叫《城里的布谷》。每到一座城市，不管是春夏秋冬，都能听到这熟悉的叫声，一下子把自己扯回春天的故乡。"阿公阿婆，割麦种禾"，布谷不厌其烦地一次次提醒。如今，它们在城里，在院子里，提醒谁？提醒啥呢？

只是不知它们是何样子，在哪棵树上栖身？

二

燕垒空梁画壁寒，诸天花雨散幽关。

篆香清梵有无间。

蛱蝶乍从帘影度，樱桃半是鸟衔残。

此时相对一忘言。

这首不是我填写的，作者是纳兰性德。

纳兰公子，词句情俱佳，原在大觉寺有过大觉啊。

遥想冰心伉俪二人坐在银杏树下，仰望明月。寂静的古寺，只有屋脊上乱跳的小松鼠，跑来跑去，仿佛这里只有他们二人。西山的夜如此静谧……

冰心和吴文藻是风雨同舟、患难与共56年的恩爱夫妻。冰心在80高龄的时候风趣地讲述了那时别出心裁以西山古刹作洞房的经过，何等诗意盎然。

由于新房还没有完工，冰心与吴文藻把婚礼选定在西山大觉寺里举行，认为这里清静、浪漫。洞房中只有一张简陋的木床，一张三条腿的方桌，另一条腿还是用砖头支撑着。在这简陋的禅房中，他们度过了新婚之夜。

大觉寺始建于辽代，寺内有千年银杏树，有三百年的玉兰树，寺内还保留了乾隆的一块真迹"动静等观"匾，它昭示我们，运动与静止该如何去等量齐观？

还有一块匾——"无去来处"。无去来处，此刻似乎真忘了自己从哪里来，也不知道将往哪里去。

千年一回着浓妆，深秋古寺吐金黄。

那个下午，我于银杏最好的时候匆匆独自赶来。置身寺中，夕阳洒下万道金光，银杏叶子全部镀了金。站在银杏树下，一只大喜鹊，低空飞行，在林间轻盈滑过，技术娴熟，无比优美。黑色的尾巴，白色的腹部，灵动的风景，吉祥的画面。另一只喜鹊轻盈地从一株海棠顶上飞起，落在玉兰树上。我恍惚看见一位白衣胜雪的少年格格，巧笑倩兮。闻到满院的花香，缕缕来自春天的枝头……

满城秋色懂人味，嫣然眼前红于花。

外面有乡民卖炒银杏果子和黑枣，十块、二十块一斤，先尝再买，不好吃不要钱。一分钱，一分货嘛。勤劳的她们，对自己家的产品的自信溢于言表……

三

仰头向上，鸟巢在高高的毛白杨树、银杏树上，在刺槐树上，叶子落下后，它们就水落石出。不过，不用担心，应该没有孩子爬上树去掏鸟蛋了。我想起故乡村庄的那些年的喜鹊窝，树不在了，鸟儿也飞走了，眼前的会是它们的后代吗？

一株老柳树，在湖边，虬枝横斜，像千手观音，无数手臂伸向天空。水面有着它的倒影，清晰可见。岸上一个，水里一个。我围着它相看两不厌，360度，各有各的风姿。

在鲁院不远的西北方向，相隔咫尺之遥，现代化运动场所旁就是森林公园。

公园大门敞开，欢迎四方游客。有早起晨练的市民：练太极，跳舞，唱歌，读书，还有捡拾熟透了跌落的银杏果的老人，在山水间愉悦身心。穿红衣的阿姨倚靠木桥栏杆，一位大叔耐心地为她拍照，甜蜜无比。

坐在背风的山坡上，深秋的北京城在阳光的沐浴下，千里之外的广州却下着微冷的雨。有鸟儿在欢快地叽叽喳喳，在枝头跳来跳去。身体被晒得暖和起来，一点点热乎。

千万朵芦花在湿地里开放。灰白色的穗子摇曳生姿，芦叶也枯黄了。远处的北京城中轴线上的奥运塔高高矗立，层次分明。

有枝条全是红色的树林，有顶端居然是黄色的树，都叫不出名字。光秃秃的枝头还有两个红果儿，晶莹剔透，也许鸟儿也不舍得啄食它们，留住做晚归的红灯笼。

小小的，一簇簇，野菊花在坡上，金黄的一个个小太阳。它们与小时候冬天放学路上的并无两样，清香也没有一丝改变。

水面靠岸边，结了层薄冰。有鸭子几只，湖水初冷鸭先知。它们似乎不怕冷，一会把头扎下去，只露出屁股来。过一会，又露出头来。忍不住停下了脚步，多么滑稽而可爱的动作啊。

它们是在觅食还是嬉戏呢？

麻雀一群群的，轰地飞来，又轰地飞去。不知谁在指挥，这么步调一致。

黑黢黢的桃树一垄垄，在积蓄能量，准备春天开花。只要温度一够，就是一树繁花。

柳树，叶子微黄了，却没有一丝落下的意愿。谁说柳树柔弱，北京街头的柳树，到处是，不像江南的柳树，只挑剔池塘和河畔。冬天，它们秀发飘逸，戴着金边，别有韵味。

有一群群中学生，穿着运动服，在路口围拢着商量着，原来是寻找目标地呢。

在桥边，五个女孩在阳光下摆出天真造型，请我为她们定格青春美丽的时光。"谢谢，叔叔！"扎着马尾的小姑娘，从我手中拿过手机。她们笑着闹着，是初中一年级的。

"是秋游还是冬游？"

"不是，是定向越野。"

"那好嘛，到大自然中上课。"

"很开心。北京的秋天最美，同学们都喜欢。"她们脸上带着羞涩的红晕……

汕之尾兮

一

《诗·小雅》：南有嘉鱼，烝然汕汕。

清代段玉裁《说文解字》曰：汕，鱼游水貌。

岭南之东南，有一方水土，千百年来临水而居，向每而生。

汕，有山有水，山水相连。故有嘉鱼，乐游之间。

南有嘉木，南有嘉禾，南有嘉人，南亦有嘉鱼。

可以想象，当年南越王赵佗和辑百越，我有嘉宾，鼓瑟吹笙，何其融洽。

嘉鱼畅游之首，为汕头，之尾为汕尾。仿佛一条鲮鱼，遨游海陆之间。

《禹贡》有九州之说，时汕尾该属九州中的扬州南境。

扬州，何其之大，南至南海之滨。普天之下，皆我华夏之土。

我的故乡在扬州之侧，距离汕尾南北纬度1000多公里，东西只差2个经度。

八月，我自广州随省作协采风东临，以观南海，以寻嘉鱼。

二

学宫，亦称孔庙，文庙。

广州有番禺学宫，人多有不知。

说到农讲所，一号线地铁的一个站，无人不晓。

171

一组红墙黄瓦、古朴庄重的建筑群，与现代化高楼相依相邻。

此农讲所就是番禺学宫旧址。

广州农民运动讲习所，共办 6 期。毛泽东做过第 6 期所长（之前 5 期称为主任）。

农民运动讲习所由彭湃等倡议，并任过第 1 期主任。

彭湃，汕尾海丰人。小学时从课本上学习敬仰的英年牺牲的革命先烈。

而广州 300 公里外，也有一个文庙，学宫。也同样是全国首批重点文物保护单位，也是爱国主义教育基地。

它也有一个红色的名字——红宫，它的旁边还有红场。这个红宫也与彭湃密切相关，与中国革命一脉相承。

多少公里之外，在遥远的莫斯科，也有一个红宫红场。

海陆丰，这块神奇而伟大的土地。1927 年，成立了中国第一个工农红色政权——海丰苏维埃政府。

学宫——农讲所——红宫——苏维埃政府。百年大成殿，见证了从万世宗师的膜拜到红旗猎猎的招展。不过百年间，为有牺牲多壮志，敢教日月换新天！

"革命母亲"——彭湃烈士的母亲周凤，一次次把亲人送到战场前线，大义凛然坚贞不屈，让人感佩，催人泪下。

一群少年为我们做起了义务讲解。一个个稚嫩的声音，准确地讲解，那些革命先驱又鲜活眼前。他们都是小学生，生在海陆丰，长在红土地。一张张纯真的笑脸，像鲜花初绽。

这是孩子们的第一次讲解，难免有些紧张。面对着来自全省的作家长辈，他们讲解完后，纷纷拿起了笔记本，要求签名。他们说，彭湃爷爷和很多革命老爷爷老奶奶的感人事迹，我们不仅要牢记不忘，而且要用笔写出来，让更多的人知道。

同行的一位大叔，还对这几个小朋友进行了现场采访。利用放假时间来这里做讲解员，比在家里看电视玩手机更有意义。我想起了那些拿着手机不放的低头族孩子们。如何让我们的少年养成良好习惯，让他们积极参加到各项课外有益的活动实践中，珍惜来之不易的生活，把核心价值观的种子播进心田，不断传承和发扬下去？我们的教育和宣传等亟待深思和创新。

三

关帝庙前香火鼎盛，新盖的大殿壮观雄伟，更多建筑正在扩建中。旧址前一对石狮子，默默蹲守在街头，佑护着一方平安。有多少人知晓，它们也历经磨难。在 20 世纪，刀砍斧劈之后，被那些粗暴的人扔到了海里，前些年被好心人打捞上来。

每到一处，我常常为历经劫难幸存下来的文物、古木、古建筑感到庆幸。多少中华民族的、世界的自然文化遗产被加上种种罪名毁于旦夕之间。

这是多少金银也难以重购和重构的。

与人为善，还要与万物为善啊。

玄武山下，许许多多善男信女虔诚求拜。我们祈福的基础，更多在于敬畏之心。窃以为，祈福的最终目的，应该就是为了国泰民安，风调雨顺，海晏河清，人人通过劳动双手，在诸多人生不确定因素中，实现心中的梦想，获得更多相对安心愉悦的幸福感吧。

妈祖天后站在凤山之巅，庄严秀慧，日日夜夜为远航的渔船商旅佑护平安。我们在文坛祖母冰心题写"天后圣母"的神像前合影留念。

在凤山的后面山坡上，我与一个个戏剧面谱相逢。啊，原来这里是中国民间文化艺术之乡，更是一个传统戏曲之乡。在拥有的 8 个国家级非物质文化遗产中，4 个属于珍稀戏曲剧种——正字戏、白字戏、西秦戏和陆丰皮影戏。汕尾地方戏被誉为"活化石"，这是因为中国戏曲历史从形成到发展演化的重要阶段，如唐戏弄、金元杂剧等等，都可以在汕尾地方戏中找到它们的遗存和例证。

面临演出市场萎缩、艺人逐渐流散的困境，如何加大宣传，提高社会各界对非遗的日益重视和支持，使这些珍稀剧种走出低谷，焕发新生？在互联网时代，既面临新的机遇，又任重道远。

听说陆丰皮影戏曾尝试走与动漫结合的路子。不知效果如何？

真想成为这些珍稀戏种越来越多观众中的一员，感受文化的魅力和岁月的留痕。下次，下下次，能够实现这个愿望吗？

四

门前一方池塘，雨雾弥漫，普通的潮汕民居已有百年沧桑。这是刚刚修葺开放的陈炯明故居。四周的那些老屋已经几近荒废。"大家都搬到城里去住了。"给我们热心做讲解的阿姨说。

历史往往令人唏嘘，也令人惊叹。1925 年，国父孙中山逝世的时候，陈炯明曾亲撰一副挽联。其下联为："与故交曾一战再战，公仇私谊，全凭一寸赤心知。"

一寸赤心功过知？一声叹息时光逝。一如元词人刘因之词："悠悠万古，茫茫天宇。自笑平生豪举。元龙尽意卧床高，浑占得，乾坤几许？"

在汕尾作协王主席一路随车同行的耐心细致介绍里，我们又增添了新的认知：

陈炯明主政广东后，就马上禁赌禁烟，并在广州东校场公开销毁 14 万两、价值 40 万元的鸦片。允许当时共产主义小组的活动在广东公开化，他全力支持谭平山等创办《广东群报》，该报后来成为宣传马列主义、开展建党活动的重要平台。在惠州和梅州、揭阳等地兴办免费的公立学校。力邀陈独秀任省教育委员长，提高教育经费在政府开支中的占比，普及教育。

"九·一八"事变后，日本人企图拉拢闲居的陈炯明，陈炯明反要求其"归还东三省"，日本人见说服无效，临走时送其一张8万元的支票，当时穷困潦倒的陈炯明只在支票上打了个叉即退了回去。不久，陈炯明领导下的中国致公党从香港向东北抗日义勇军捐赠了10万大洋。

他一生律己甚严，不贪财、不好色。据文献记载，去世时"家无长物，穷极，借用为其母预备的寿材，始得以入殓。"

我读到了他的1919年两首白话诗，这个曾为前清秀才的人，他的文字今天读来仍然别有一番况味：

（一）

我的乡下佬，

跑到都市去，

羡着人儿华美的衣食住，

却忘了乡间的好空气。

（二）

你们的学生，

跑到西洋去，

羡着人家的哲学科学，说是独一无二，

却忘了东方文明，别有精神生活的意味。

五

这块土地虽然面朝大海，但是丘陵众多，台风肆虐，不像珠江三角洲和潮汕平原。种植的多，汗水流的多，收成却差强人意。特别是旧社会的苛捐杂税和层层盘剥，生活在这块土地上的人们饱尝艰辛。

苦难锻造了坚忍和不屈，苦难也激发了斗志和勇敢。

这里，有纪念抗元英雄张世杰、陆秀夫护宋少帝的待渡山，有纪念文天祥的"方饭亭"。

从来文武之道，亦如阴阳，一张一弛。岂止是尚武的血性，更有文化的血脉。

在百岁老人钟敬文的雕像前，大家纷纷合影。郁达夫对年轻时的钟敬文的散文有很高的评价："清朗绝俗，可以继周作人、冰心之后武。"70年来他潜心从事民间文学和民俗学研究，是中国民间文学和民俗学的开拓者和倡导者。

丘东平，1927年参加武装起义并加入共产党，建立苏维埃政权后任东江特委书记彭湃的秘书。他以自己丰富的革命运动和抗敌斗争的亲身经历，来创作写实的文学作品。参加新四军之后，丘东平所写的一系列反映前线的报告文学作品，引起文艺界的震撼和广大读者的强烈共鸣，成为抗战前期文学的重要代表人物。

我们在他的简陋的故居里放慢脚步，我没有读过他的任何作品，之前也没有听说他的名字。一颗革命的文星划过夜空，留下了属于时代的个性的文字。

屋外雨声潇潇，几个村民坐在门口士多店里。在车上回头看去，这个命名为东平村的小山村还有那所东平学校深深留在脑海里。

在老街上，海丰作协石主席买了一包猪油糖，大家在车上好奇地品尝。这些童年时代的味道，虽然有些变化了，但里面的糖分和记忆还在。就像老街，老房子几乎找不到了，取而代之的是水泥板铺盖的千篇一律的楼房。体现地区特点和个性的，还有多少呢？

故居的保护牌，似乎说明着这里曾经的历史，这里的沧桑巨变。

一株米兰，虬枝粗大，却不是当年主人家手植。这是后来补栽的，也已郁郁葱葱，亭亭如盖。

作为中国第一代小提琴音乐作曲家与演奏家的马思聪，其父亲马育杭与陈炯明是总角之交。马思聪的父母都不懂音乐，但广东的戏剧之乡海陆丰所独有的地方戏剧音乐深深地影响着童年的他。那个特殊的年代，他以特殊的方式漂洋过海。乡愁哀怨，使得马思聪在异国的日子里，谱就了《李白诗六首》《唐诗八首》等作品。马思聪将自己去国怀乡的悲凉心情，借用古诗名句深情演绎……

六

车子沿着长长的海岸线蜿蜒而行。

南海碧波，潮起潮落。

一条古道，当年钦差大臣林则徐也从这里拾级而上，登岸视察边防，并题写"水德灵长"，以祈福海疆安澜。

在金厢沙滩，我们在巨大的礁石旁寻觅和拾贝。攀岩涉滩，终于找到了一块红色的巨大的石刻。

一条渔船劈波斩浪，不断前行。

90年前，南昌起义后，病恙在身的周恩来就坐着这样的渔船，在一个风雨交加十分危险的时刻被党的地下组织秘密转移到安全地区。

如今，礁石屹立如初，南天一柱，一任风吹雨打，浪拍潮涌。

汕尾市区坎下城是保存较完整的明代海防城池之一。但沧海桑田，一个水城，如今四周都是民居高楼。做好恢复维护，已成为文物保护以及城市建设的重要议题。

一个个海滨新区雨后春笋般矗立起来，那些经过时间沉淀的历史文物也慢慢开始苏醒。如何推进经济建设和文化传承的共同发展，需要我们去做的，还有很多很多。

这一行，文心勃发，文情激发。

蒋主席挥毫泼墨，如椽大笔写下"海陆物语"四个字。一幅幅书法，寄寓山高水长、梦笔生花、天开文运的一个个美好祝愿。

在参加"善美之城"诗歌颁奖大会现场，来自全国各地的文学作者欢聚在一起，用文学记录这块土地的古今嬗变，用真情描述海陆之间的四季物语。

海风吹来
把蓝天吹蓝
海浪涌来
把白沙洗白
幸甚至哉，感而记之
烝然汕汕，汕之尾兮

哦，萝岗香雪

一

"香雪海"，一个充满诗情画意又令人浮想翩翩的名字。清朝诗人宋荦看到江南的梅花，于是触景生情，即兴题诗："望去茫茫香雪海，吾家山畔好题名"。香雪海，生动概括了梅花的神韵、香气、色彩和种植范围，可谓千古妙词。

雪，是中国大部分地区冬天容易见到的。故乡几乎每个冬天都会飘一场两场的雪，或大或小。但在岭南却是极为稀罕的。梅关古道的梅花在广东的南雄，那里的梅花似乎没有称为香雪。萝岗香雪是 1962 年广州市民评出的"羊城八景"之一，历经沉寂和沉淀之后，而今正以市民公园的形式化蝶再现，出新出彩。

香雪，少了一个"海"字，也一样具有诗意。

从史料上来看，萝岗的梅花从宋朝时开始种植，这大抵是梅花最南端的种植区域。

在萝岗以南的纬度，你还不曾见过梅花的盛开。估计梅花虽不畏寒，却是怕热的。最近的是北边从化的流溪河水库一带，流溪河的梅花也称作流溪香雪，萝岗香雪应该起名更早一些。

二

来广州 20 多年了，广州也成为你真正意义上的第二故乡。广州的花，一年四季次第开放。

木棉自然是花城的英雄花，是花魁。每一个春天你都在树下仰望它们。

你也喜欢盛开如火密密匝匝的簕杜鹃，还有小巧的香馥醉人的白兰花，还有姜花，还有……

这些花都是岭南所特有的，是你的故乡，是你没有来广州之前从来没有见过的花，跟故乡的花儿是如此的不同，却又是如此的共情。

你曾坐着汽车辗转去过长洲岛的黄埔军校，后来也去了南海神庙。说来也是特别，黄埔的经典景点大多是四个字：黄埔军校、南海神庙，包括这诗意无限的萝岗香雪。

十多年前的那个岁末，你第一次有幸来到了萝岗，见到了香雪梅花。

梅花在国人眼里，绝非寻常草木所能比，它不仅仅是一种植物，还是文化的符号、精神的象征、心理的寄托。

南方的梅花，准确的说，也许更多品种是青梅。青梅是可以结果实可以做蜜饯可以泡酒的，与北方的红梅是大不同的。北方的梅花都是傲雪开放，因为零下几度、十几度也不怕冷，甚至越冷开得越香越灿烂，全身充满着满满的正能量。

但你发现萝岗的香雪也是不怕冷的，这几年气温很冷的时候，梅花也是凌寒绽放的。当没有雪的时候，它自己似乎给自己营造了一场雪，它其实是雪也是花，是花也是雪，自己跟自己做一个陪衬，做一个对手，做一个磨砺。这样说来香雪和雪香，梅和雪，也许都是彼此相得益彰，难以分得清了。

木棉，是花城的豪放派。香雪，是花城的婉约派。但豪放的木棉和婉约的香雪间，都是在凌寒时开放的。只不过婉约的梅花，常常走在前面，早早迎来了岭南的又一个新春。

叫香雪，大概是因为梅花的品种是白色的，但是梅花也有红色的，那么就是香的红雪了。

三

冥冥中的天意，三年前你也来到了黄埔区工作。

在香雪园爱梅轩里也认识了见证了爱梅写梅画梅扦梅的诸位文学家书法家和艺术家们。

去年邀请了番禺的朋友来赏梅。之前他们都是去从化看梅花的。这几年黄埔区大发展之后，成为了日新月异璀璨夺目的湾顶明珠，黄埔的美丽图片，一张张在网上被他们点赞和向往。

一下车，他们就流连在市民广场的梅花树下，留下美丽的倩影，定格美好的瞬间，与花共舞，与花同春。

不知不觉已经快到吃午饭的时间了，主会场萝岗香雪那边还没有去啊！

他们这才恋恋不舍，赶去玉岩书院那边。

不需要任何的门票，也不需要任何的预约。在花的海洋里，他们摘掉口罩，露出永远青春的笑容。这种笑容是对大自然的热爱，对鲜花的热爱，也是对生命的热爱，更是对黄埔区的喜爱。他们交口称赞你工作的地方就是一个美丽大花园。在这鲜花四季盛开的地方，在一年一度香雪绽放的地方工作，真是令人羡慕啊！

不远处荔枝林里的农庄虽然是独家生意，但也不忘做好服务，有专车接游客吃饭，招揽到不少食客。可是车位紧张，你们只能继续步行上去吃饭了。这样也好，看到坐车时看不到的风景。饭后在书院入口见到一柱状石雕，不知什么雕塑？上前纽看原来是亭亭玉立的"梅仙"。同行友人忍不住口占一绝：

不到岁寒岂得见？去年看过又新颜。

唯有清香浑相似，此处梅花是桃源。

四

痴情最是梅花落。

你倒想说，痴情最是梅花开。

"梅花落"，汉朝时本为笛曲，初为军乐，或因寒梅无惧艰困，有傲霜骨。后来"梅花落"成为乐府诗，咏梅者喜用。

鲍照是又一个梅花知己，他的《梅花落》，开赞美梅树"霜质"风气之先：

中庭杂树多，

偏为梅咨嗟。

问君何独然？

念其霜中能作花，

露中能作实……

岭南幸得苏东坡，东坡先生也看过岭南的梅花。他去过南海神庙看海上日出，近在咫尺的萝岗梅花和笔岗糯米糍他应该不会错过。

所以晚年谪居异乡的他写下了又一首人生况味之词：

万里归来颜愈少，微笑，笑时犹带岭梅香。试问岭南应不好？却道：此心安处是吾乡。

牛年新春，你早早来到萝岗，梅花才星星点点，可千里之外皖东故乡的梅花早已凌寒绽放，香气袭人了。思乡之情油然而生，也作了首五言小诗：

早梅凌寒绽，雪落麦苗田。

片片入晓梦，朵朵香岭南。

坚强抗肺疫，鼓舞迎新年。

围炉唯遥忆，千里游子暖。

五

钟玉喦，现在多写作钟玉岩，名启初，号玉喦，"喦"是"岩"异体字。后听本地钟姓老者说"喦"有着更深层的意义。"喦"字上面一个"品"字，下面一个"山"字，寓意品德高于山，这也是追求如梅花一样的品质吧。

钟玉岩八岁时迁居番禺萝岗。幼年在父亲创建的种德庵读书，1204年举乡贡第24名，越年高中进士，出任安徽省徽州府判。

钟玉岩官至朝议大夫，后回归故里，重修种德庵，广大规模，改名为萝坑精舍，亲自授课，远近诸生来学者甚众。同时又在精舍之侧建漱玉台，供人游赏。迨至元代，其后人改建萝坑精舍，并更名为"玉岩书院"，以表对先人的纪念。

增城的崔与之与钟玉岩是同窗同学。地铁21号线的中新镇的坑贝站出来就是崔丞相的故里。

种德庵内，玉岩父亲钟遂和不只教自己的孩子，也教那些因家贫无力读书的孩子。这些孩子中就有后来成为南宋右丞相的崔与之，岭南第一个由太学生考上进士的人。

对钟遂和，崔与之终生感激。

崔与之被称为"岭南儒宗"，其所治儒学的"菊坡学派"被认为是岭南历史上的第一个学术流派。崔与之廉洁奉公，练兵抗金，政声卓著。在增城崔丞相的故居，你惊喜看到了毛主席书写的《水调歌头·题剑阁》这首词：

万里云间戍，立马剑门关。乱山极目无际，直北是长安。人苦百年涂炭，鬼哭三边锋镝，天道久应还。手写留屯奏，炯炯寸心丹。

对青灯，搔白首，漏声残。老来勋业未就，妨却一身闲。梅岭绿阴青子，蒲涧清泉白石，怪我旧盟寒。烽火平安夜，归梦绕家山。

好一句"炯炯寸心丹"！想问崔丞相，此"梅岭"可视作今天萝岗香雪的那座山岭不？

六

很多年前就读过铁凝的短篇小说《哦，香雪》，这篇小说也是铁凝的成名之作。写作这篇小说的时候，铁凝才25岁。铁凝是河北人，不知为什么给女主角起了一个南方女孩的名字。小说中的主人公名字叫香雪，才17岁，是一个初中生。一条铁路，连通了城市与乡村，也开启了香雪探索外面未知世界的大门。年轻的姑娘们在等待火车的焦急中，流露出的既有少女独有青涩的情怀，又有乡野人家朴素真实的情感。为了用鸡蛋跟一个女大学生换取一个铅笔盒，香雪跳上了绿皮火车，错过了停车一分钟时间，被带到了30里外的一个小站，然后一个人深夜沿铁轨走回来。山村的姑娘就像山村的一朵朵梅花盛开。不，还有她的同伴，村中的伙伴们。

2017年在鲁迅文学院，高研班学员在梅花树下合影，中国作协主席铁凝笑容可掬地站着，热情地谦让着，直到那些文学前辈们一一就座。你忽然分不清铁凝是香雪还是香雪是铁凝了。你在写作这篇小作时，又重温了这篇经典，还有铁凝多年后写的回忆散文《三月香雪》。香雪，是铁凝短暂居住小山村房东的女儿，香雪的孩子也已成年了，但文学作品里香雪永远17岁。遥远的香雪们身上散发出来的人间温暖和清新的美德，就依然值得我们葆有和珍惜。才知道真正的好作品一如梅花如香雪，久读不厌，年年开过年年新的。

"我始终这样相信：在接近自然的地方，在空气清新的地方，人的想象才能发生，才能纯净。大城市，因为人口太密，互相碰撞，这种想象难以产生，即使偶然产生，也容易夭折。每年有几次机会，到偏远的农村去跑跑，对你的创作，将是很有利的……"
认真咀嚼孙犁先生的金玉之言，你惭愧你的懒散，你当努力践行，
撰写更多如朵朵萝岗香雪一样的文字，在新时代的春天里……

后 记

　　前年我与鲁院同学东兄有个小小的写作约定，互相坚持一年时间写下了一些故乡的回忆文字。

　　这些零散的文字是几代人对故乡的回忆和记录。有父亲、母亲的记忆，也有我的记忆，还有妹妹们的记忆。这些记忆互相验证，互相补充，以更大可能接近和还原我的故乡、故土。人生如寄，亦如回乡，书中还有不同地域间我的故乡的情怀和经历。

　　其实我们无论走到哪里，在梦里，在一瞬间，都会突然想起千里之外的那个童年，那个美好的时光。

　　我在他乡居住的时间已经超过了在安徽故乡的时间。不可否认的是，我的口音仍然是乡音，我的味蕾仍然是家乡的味道，可亲可念的人仍然还在故乡。

　　《故乡的润泽》一书，有诸多的故乡，诸多的润泽。一个是我19岁前的故乡，一个是我读大学后的故乡，一个是我工作的故乡。其实我们走过的每一个地方，何尝不是我们的故乡？不仅仅是心灵的故乡，其实也是物质的肉身的故乡。

　　我的第二故乡、第三故乡，与真正的出生地故乡，都是我生命旅程的回望地。正如苏东坡词中所说，此心安处即吾乡。

　　我有时自我陶醉于自己写的文字之中的时候，便会欠缺斟酌，而这时候每每并不从事专业文学创作也极少写文章的妹妹们作为第一读者反而会慧眼地指出许多文字上的瑕疵，令我赧颜，让我清醒。

　　"文章中的团圆饭改成年夜饭，给压岁钱，大哥你觉得怎么样啊？"妹妹们建议。我跟她们讨论：年夜饭，我们也叫团圆饭的啊。

那些共同的记忆，她们很多时候记得更多更细。比如大妹写的关于枣树的一段文字。

去年我给她作了一个小命题：回忆我家园里的枣树。

我鼓励她：调动你的记忆力，一定有许多"圆枣子，甜枣子"。

她很快就从微信里发来了：

老家的枣树

今天去超市买菜，看见了枣子，就买了些回来。现在这些品种叫冬枣，枣子吃着也脆也甜，但是没有嚼劲。甜也泛着苦的味道，根本没有我家小时候的枣子好吃。

记得小时候我老家园子里有一棵很大的枣子树，至少有两三层楼那么高吧。一到夏天吃枣子的季节，我和大哥就经常爬树去摘枣子。春天一到的时候，别的树早就发芽了，枣树还没有开始发芽。枣树发芽很迟，我那时候就想，这树怎么到现在还不发芽呢？那要等到什么时候才能吃上枣子啊。难怪有"拔苗助长"这成语，估计古时候的人和我心情一样，等不急了。在我的记忆里，枣子是秋天开学前就能吃到了。

很清楚记得有一回，我和大哥轮流着上树摘枣子，大哥蹭蹭的就上去了。我上去就挺费力的，因为树干太光滑了。把两脚勾树干上紧点，屁股底下有人手向上托，身体尽量往上伸，一只手再伸长点抱住树干，另一只手往上使劲够上面的树叉。一旦够到树叉，上树就成功了。越到上面树叉越多，树叉生小叉枝，上面就结枣子了。枣子不算大，圆圆的，有绿青色的、有白里透着点红的。青色的枣子没长成熟，不甜，要摘就找白里透着点红才好吃。摘到了枣子，也没时间洗，不管三七二十一，放进嘴里就嚼了起来。鲜甜鲜甜的，甜到心里呢。吃一把都停不下来了，那种吃相估计

188

和猪八戒吃人参果都有一拼了。

枣子枝上还长着小刺，不注意这里给刺一下，那里给划一下，就有了长长的血痕。树上还有一种叫"洋刺拉"的小虫子，绿黄色的，虫身体两边长着毛。若不小心给它拉到，又痛又痒的，那种滋味非常的难受。为了吃到枣子，不是给"洋刺拉"就是给枣子刺刺到，没有一次不受点小伤的。尽管这样，还是阻止不了我们爬树摘那"白里透红、又圆又甜、又脆又香"令人垂涎的枣子！

大妹还在微信里写道：

"大哥，仔细地阅读了《祖母》这篇文章。往事一幕一幕地浮现在眼前，有好多小时候的事情我还记得些呢。你说你那次赖学的事情我都有印象，其实我小时候也不喜欢读书的。记得我在大於小学上一年级，你那时候还在东石小学念书，天天监督我学习，报听写、背课文等……"

"印象最深的一次是你发烧感冒了，我心里特高兴，想今天晚上我不要做作业了——大哥发烧了。结果你猜怎样？'

"到了晚上你躺在床上喊，大琴，把书拿来报听写，当时我就怂了。"

"大哥，现在想想啊，如果我们读书一直在一起的话，有你的指导和督促，我的知识会大大增多的。"

"不过不错了，比起我们村里同龄的女孩，我还识不少字呢。"

我看了有些蒙了，我咋都不记得督促大妹读书的事了。

鼓励她们多写写。写出来，一起回忆一下，也是非常美好的啊。

也是自我鞭策：不要懒，现在不动脑，大脑越来越退化。记忆就慢慢模糊。等我们老了，吃不了多少，又不打牌，就剩下看看书，写写字。

自己写的回忆，到那时最有味道，最宝贵。比再多钱都让人安心。年纪大了，除了健康和温饱，主要是精神上的愉悦啊。

"不错，你那时，经常到街上文化站去借杂志看。要保持读书好习惯。其实你也可以成为作家，只是你自己没有动笔写。每个人都有潜能，要不断尝试和激发。"我想起来了那些年她步行到街上借书的事。

我把老太太姜淑梅的写作故事发给她看。老太太60岁学习认字，75岁学写字。现在，她已经出版了五本书，而且写得非常好。

大妹回道：

"大哥，看了这个老太太的事迹，立马有种学习的冲动。"

不怕起步晚，坚持别偷懒。她读了我微信发给她的文章，也发表读后感：

"大哥，文章看了，身临其境的感觉，你观察的真仔细，就差没描写小蚂蚁在忙忙碌碌地跑来跑去了。有好的身体，才有美好的生活的。大哥，你讲的对，发现是需要静心地观察、思考和凝望的。"

我鼓励她：

"写作，不要有压力，想写就写。每天，你写300字就行。坚持一个星期，你就会觉得越写越轻松。哪怕先从流水账记起，哪怕模仿也行。写着写着，你就有自己的思想了。"

她说："我尝试着打字，我觉得这样我认识的字和拼音能得到提升，虽然慢点。"

中秋之前，大妹发来信息："大哥，假期结束了，你回广州了吧。昨天下午我寄了菱角给你，快递用了两个盒子包装的。收到后把菱角放水里养着，吃多少煮多少，最多吃一到两天，时间长了会馊。"很快我就收到了小半麻袋的新鲜的菱角。

故乡的牛，父亲写过。牛年大年初九观李可染《小孩与牛》画有所感触，我写了首《牛》：

黑角一对弯又弯，

低头好就儿童攀。

耕完田地水草茂，

也无柳笛也无鞭。

我得小妹中花的启发和建议又写了另一首诗《老牛》：

夏日暑热知了叫，

纹丝不动风不摇。

牵牛急急大塘去，

水里同游赛空调。

马来西亚作家张贵兴在他的小说里写道：

"面对凋敝的家园和不堪回首的往事。他的回归，有着身份寻根的内在渴望。在他早已成为'皱着眉头思索人生大道理的知识分子'多年之后，他要怎样在他童年生活、长大后逃离、现在不得不归返的故土，重新去了解生命的意义？"

扪心自问，我对故乡的回忆，是肤浅的、片面的。我的写作是碎片的、懒散的。

我还可以写得更早，更多，更接泥土气些。这并无多大困难，克服惰性而已。但是，我要有紧迫感。记忆，是会被不知不觉蒸发的，就像封坛老酒。

每个地方都不一样，都有可圈可点的山水草木。核心差别，应该是人——从泥土蓬蒿里走出来的人。

故乡的润泽一生一世，故乡的回忆魂牵梦绕。回忆故乡的文字百川入海，我的这些琐碎，沧海一粟。

在我的有生之年有限的笔力之下，我知道，我仍然没有静下心来去写一写，我清楚地知道懒散的笔没有写出我童年少年的十分之一的记忆里的故乡。

我当加快步伐，拿起笔，早点些，多点写。故乡在二里之外，归去来兮！

2021 年 7 月于广州黄埔

图书在版编目（CIP）数据

故乡的润泽 / 於中甫著 . -- 武汉 ：崇文书局，
2021.12
（香雪文学系列丛书）
ISBN 978-7-5403-6615-5

Ⅰ．①故… Ⅱ．①於… Ⅲ．①散文集－中国－当代
Ⅳ．① I267

中国版本图书馆 CIP 数据核字（2021）第 275129 号

特约编辑：戴建国
责任编辑：刘雨晴
责任校对：董　颖
责任印制：李佳超

故乡的润泽
GUXIANG DE RUNZE

出版发行： 长江出版传媒｜崇文书局
地　　址：武汉市雄楚大街 268 号 C 座 11 层
电　　话：(027)87677133　邮政编码　430070
印　　刷：武汉市楚风印刷有限公司
开　　本：880mm×1230mm　　1/32
印　　张：6.5
字　　数：135 千字
版　　次：2021 年 12 月第 1 版
印　　次：2021 年 12 月第 1 次印刷
定　　价：38.00 元